ŒUVRES

DE MONSIEUR

REMOND DE St. MARD

Lettres Philofophiques

TOME TROISIEME

A AMSTERDAM

Chez PIERRE MORTIER

M. DCC. XLIX

Tom . II . el III .

TROISIÈME VOLUME.*

FLEURON.

MINERVE & Apollon font dans un bocage de l'Olympe. L'Amour y vient, se met au milieu d'eux, dérobe d'une main la pique de Minerve, donne de l'autre une leçon de Musique à Apollon, dont il touche un moment la Lyre.

VIGNETTE.

L'Auteur est auprès de sa table,

* Le Frontispice est le même que celui du second Volume.

table, qui se dispose à écrire ;
Minerve, l'aborde, lui donne des Avis sur l'Ouvrage
qu'il médite. L'Amour en-
tre, présente à l'Auteur des
plumes, une écritoire, & lui
dit que s'il veut être lû il ne
faut pas qu'il s'en rapporte
tout-à-fait aux conseils de
Minerve.

LETTRE

LETTRE

DE MADAME
LA COMTESSE DE V***.

A L'AUTEUR.

JE suis encore toute occu-
pée, Monsieur, du plaisir
que j'eus avant - hier chez
moi. Vous y parlâtes en Maître de
l'art, des beautés & des défauts de
ſtyle. Comme je ne suis pas bien

fûre d'avoir du goût, & que s'il eſt
poſſible d'en acquérir, j'ai beſoin
de ceux qui en ont : à qui puis-je
m'addreſſer plus ſûrement qu'à
vous ? Auſſi pourquoi m'avez-vous
laiſſé pénétrer que vous ſaviez juger ? C'eſt un métier dont tout le
monde ſe mêle ; mais que peu de
gens ſavent ; parceque pour le
bien faire il faut avoir ce que vous
avez ; je veux dire , un ſentiment
fin & délicat , & ce qui en eſt le
fruit , un diſcernement éclairé.
Rappellez - vous , s'il vous plaît ,
Monſieur , notre converſation. Il
y fut queſtion d'une mécanique
de ſtyle, dont pluſieurs Auteurs ne
ſavent pas l'uſage, que d'autres poſ-
ſedent , & dont ils tirent de grands
ſecours.

ſecours. Dans toute la ſuite de l'entretien , j'eus plus d'une occaſion de remarquer , que vous apperceviez les nuances fines qui ſont la perfection d'un Ouvrage : & moi , qui juſques à préſent n'ai rien vû de tout cela , j'ai eu la témérité de me perſuader , que par votre ſecours il ne ſeroit pas impoſſible que je puſſe parvenir à entrevoir quelque choſe , & que vos réflexions me ſerviroient de lumiere & de guide. Mais il faudroit pour cela , Monſieur , que vous priſſiez la peine de les fixer ſur le papier. Elles ſont ſi ſubtiles & ſi délicates , qu'elles peuvent aiſément échapper à ceux qui ne ſont que les entendre.

A 2　　　　Oſerois-

Oſerois-je vous demander, Mon-ſieur, d'avoir la bonté de définir ce que vous entendez par la Méca-nique du ſtyle, ce que c'eſt auſſi que des Phraſes qui tombent, & d'aider mon peu de pénétration par des exemples qui m'aſſûrent, & me rendre les ſujets ſenſibles, en indiquant l'artifice par lequel on pourroit ſoûtenir ces Phraſes?

Il y a encore une autre magie dont je vous ai entendu parler, c'eſt celle de mettre deux phraſes en une, de retrancher ou d'ajouter certaines expreſſions, pour rendre le ſtyle clair & vif. Mes demandes ne finiſſent point, Monſieur; j'ai auſſi une extrême envie que vous me découvriez les cauſes les plus

or-

ordinaires de la langueur, de la lâcheté, de l'affectation, de la pesanteur, de la dureté, de la féchereffe, de la monotonie du ftyle :
quelle kyrielle ! Cependant j'aurois encore pû l'allonger, elle ne
comprend pas tous les défauts.

Je fuis hardie à vous demander,
Monfieur, parcequ'il me femble
que quoique je vous demande
beaucoup, il vous en coûtera peu :
ainfi accoûtumez-vous, je vous
prie, à mon avidité. Il y a un grand
article fur lequel vous m'avez paru
extremement fort, c'eft l'enchaînement des penfées, tant d'Auteurs le négligent ; eft-ce qu'il eft
fi difficile d'unir fes idées ? Don-
nez-moi, je vous prie, des exem-

A 3   ples

ples du style sans liaison, où vous me ferez voir comment les Auteurs auroient pû & dû lier leurs phra-ses , & parvenir à faire ce que vous appellez un Ouvrage bien fondu.

Je croirois vous rendre peu de justice , Monsieur , en vous soup-çonnant de vouloir faire les cho-ses à demi. J'ose me flater que de vous-même vous sentirez que vo-tre Ouvrage resteroit imparfait , si vous ne me développiez pas les my-steres qui conduisent à l'agrément. Et sans doute votre complaisance ira jusques à me donner, dans quel-ques morceaux de votre choix, des modeles qui me feront voir par quels termes, par quels tours , par

quelle

quelle fineſſe un Auteur parvient à donner à ſon Ouvrage le degré de nobleſſe ou de naïveté, d'énergie ou de chaleur, enfin la perfection ſelon le genre. De-là il ſuit néceſſairement, Monſieur, que vous aurez auſſi la bonté de m'apprendre ce que c'eſt que de peindre avec force, avec vérité, avec grace ; que vous vous divertirez à décompoſer certains morceaux, pour montrer comment ceux qui les ont arrangez ſont arrivés au beau, & ont ſu préſenter l'objet par le côté favorable, choiſir ce qu'il y a d'aimable dans la nature, déguiſer ou ſupprimer les traits qui n'auroient pas fait une impreſſion agréable. Vous n'êtes pas diſpoſé,

je

je crois, Monfieur, à me chican-
ner, & à venir me dire que je paffe
des termes aux chofes ; que n'ayant
d'abord demandé des lumieres que
fur le ftyle, j'en cherche à préfent
fur la matiere & fur l'œconomie
même des Ouvrages. Quand j'é-
tendrois encore davantage mon
projet, loin d'appréhender des reproches, j'en attendrois des re-
merciemens : ce feroit vous fournir
les moyens de faire ufage de vos
richeffes.

Je ne crains que les migraines
& votre pareffe. Il me femble que
tous les gens fenfibles à une volupté délicate, font naturellement
un peu pareffeux ; mais je me raf-
fûre par l'idée que j'ai de votre
complai-

complaisance, je la crois sans bornes; puisque c'est une vertu qui est d'autant plus parfaite, que le sentiment est vif & délicat.

Si je suis sans inquiétude, Monsieur, par rapport à votre complaisance, il est un autre point qui m'embarrasse; ce sont les scrupules que vous m'avez montrés, quand vous avez vû que mon seul but, en cherchant à me donner du goût, étoit de me mettre en état de juger des Livres & même des Auteurs. Vous m'avez dit que vous ne vouliez pas être complice des jugemens séveres ou malins que je pourrois porter. Mais n'y a-t'il pas une compensation à faire ? En mettant sur la voie de connoître les beautés.

beautés & les défauts d'un Ouvrage, les bons Auteurs gagneront
autant que les mauvais perdront :
& en vérité, Monſieur, la com-
paſſion que l'on peut avoir pour
ces derniers, ne doit pas ſuſpendre
la juſtice de ceux qui la rendront
en votre nom. Pourquoi écrivent-
ils s'ils manquent de talens ? Je
n'aſpire qu'à ne me point trom-
per, en faiſant juſtice aux uns &
aux autres : pourriez-vous ne pas
vous prêter à des intentions auſſi
pures ?

Il eſt étonnant, Monſieur, que
les affaires les plus ſimples ſoient
environnées de tant d'épines. Pour
vous conduire à ce que je ſouhai-
te, j'ai déjà été obligée de prévenir

nir une multitude de difficultés : je les crois toutes furmontées , & à préfent , j'ofe vous avoüer que j'ai le malheur de defirer vivement. Si c'eft un défaut , jamais il ne fut plus excufable qu'en cette occafion.

RÉPONSE.

RÉPONSE
DE L'AUTEUR
A MADAME
LA COMTESSE DE V***.

Qui lui avoit demandé des regles
pour bien écrire.

VOus avez beau dire, Ma-
dame ; ma paresse ne vous
effraye point, & cela est dans l'ordre ; on doit vous obéir dès que
vous commandez : mais usez-vous
bien de votre pouvoir, quand, sous
prétexte de vous perfectionner le
goût, vous voulez que je vous découvre les causes de la pesanteur ;

de

de la dureté, de la lâcheté, de la
sécheresse, & de mille autres défauts, qui, quoique moins confidérables aux yeux des Lecteurs
délicats, font pourtant des cri-
mes, & ne déparent que trop communément un bon Ouvrage?

Encore pourrois-je me tirer
d'affaire, si disposant en ma faveur
de ces momens de loisir, dont sont
si jaloux ceux qui ont l'honneur
de vous connoître, vous me per-
mettiez d'agiter avec vous ces matieres, qui font l'objet de votre
curiosité. Mon imagination, ani-
mée par la vôtre, en deviendroit
plus belle, mon esprit plus lumineux; je vous déroberois une partie de ce feu qui vous rend si brillante,

lante. Et qui fait fi vous ne me fourniriez pas vous-même la partie la plus confidérable de ce que vous demandez ?

Mais que vos ordres aujourd'hui font cruels ! Nul fecours de votre part, vous me livrez fans pitié à moi-même ; & parceque mes réflexions, dites-vous, font fi fines qu'elles peuvent facilement échapper à ceux qui ne font que les entendre, il faut que je les trace fur le papier ; & ce qui eft mille fois plus pénible, que je les foûtienne par des exemples.

Ce n'eft pas tout, rien de ce qui peut fervir à l'agrément ou à la netteté du difcours, n'échappe à votre avidité. Force, délicateffe, liaifon

liaison d'idées , élégance dans le
style, œconomie , proportions dans
les Ouvrages ; que sais-je ? Il n'est
sorte de grace , si délicate , si ca-
chée qu'elle puisse être , dont vous
ne vouliez pénétrer jusqu'à la sour-
ce ; & ce qu'il y a de singulier , il
faut que je vous y mene.

Que vous ai-je fait , Madame ;
pour me demander tant de choses
si difficiles , & ce qui acheve de
m'ôter le courage, tant de choses
qui vous font totalement inutiles ?
Car il m'est aisé de vous le prouver
par vous - même. Rappellez-vous
ce qui donna lieu à la conversation,
qui m'a valu la Lettre charmante
que vous m'avez fait l'honneur de
m'écrire. Un Livre nouveau , &
même

même aſſez bien écrit, étoit ſur votre cheminée ; vous en lûtes quelques pages ; les négligences qui étoient échappées à l'Auteur vous frapperent ; la maniere dont ſes idées étoient liées ne vous parut pas toûjours aſſez naturelle ; vous demandiez une plus grande variété dans les tours ; & comme rien ne vous coûte à embellir, il vous arriva deux ou trois fois de réparer les petits deſordres que vous apperceviez dans l'Ouvrage.

Soyez de bonne foi, Madame, & rendez-nous compte des opérations ſecrettes qui ſe paſſerent alors dans votre ame. A qui dûtes-vous les graces & la parure que vous donnâtes aux idées de M*** ? Fût-ce

ce à ces remarques fines & délicates que vous êtes en habitude de
faire ? Fût-ce à ces regles judicieu-
ses qu'ont établies nos Maîtres d'é-
loquence ? Vous n'eûtes pas le tems
de les consulter. Avoüez-le, votre
goût vous avertit des défauts, &
sur le champ votre imagination
les corrigea.

Il vous sied bien après cela ;
Madame, de me demander cette
foule de réflexions, dont l'arran-
gement coûteroit tant à ma paresse, & dont vous devez avoir
senti par vous-même toute l'inuti-
lité : car ne vous flatez point, nous
parlons, & nous écrivons tous au
hasard, comme vous parlâtes dans
cette conversation, qui vous fit

Tome III. B tant

tant d'honneur ; & le beau , que nous defirons tant , ne fut jamais le fruit de nos recherches. * A l'égard de ces regles , qui , fi l'on veut vous croire, le font opérer , je vous déclare que je ne les connois point. S'il y en avoit , Madame , je crois que j'irois tout-à-l'heure les chercher au bout du monde , tant je fuis défolé de dépendre des capri-ces de mon imagination. Mais que voulez-vous ? Prefque toutes les qualités de notre efprit , celles même

---

* Le beau , du moins le vrai beau , n'eft point fait pour être cherché ; mais il vient à ceux qui ont la patience de l'attendre , & qui font faits pour le donner.

même qu'on honore le plus , font machinales ; & j'en dirai autant, fi vous le trouvez bon , de tous ces défauts dont vous m'avez envoyé un Mémoire fi bien circonftancié : auffi-bien n'ai-je point d'autre maniere de vous en rendre raifon.

La pefanteur (pour ne point entrer dans un détail qui vous ennuieroit) la pefanteur , ce vilain défaut qui vous déplaît tant, n'eft-il pas totalement mécanique ? A quoi tient-il que vous ne l'ayiez ? à votre façon d'imaginer ? Mais votre façon dimaginer elle - même , dépend-t'elle de vous ? On vous trouve toûjours vive, toûjours délicate , toûjours légere ; pourquoi cela ? Parce qu'à tout ce que vous

dites est attaché un caractere d'a-
grément & de délicatesse , dont
vous ne sauriez vous défaire. Qu'au
lieu d'être née avec cette imagination vive & douce qui nous enchante , vous eussiez été faite pour
concevoir avec peine , pour imaginer avec lenteur ; votre façon de
rendre exprimeroit vos efforts ,
peindroit la contrainte de votre
ame : & ne doutez pas que cela ne
ne se passât ainsi ; car vous savez
bien que notre façon de rendre est
une copie fidele , de la maniere
dont nous sommes affectés : ainsi ,
Madame , ne remerciez plus tant
votre raison , si vous êtiez née pe-
sante , vous le seriez ; si vous aviez
été moins bien traitée de la nature,
vous

vous auriez de la fécherefſe , de la
dureté , & enfin tous ces défauts
qu'ont & qu'auront toûjours les
mauvais Auteurs; parceque ces défauts étant attachés à leur organi-
fation , je ne vois pas qu'il leur foit
poffible de s'en corriger.

Ah! direz-vous , je vous paffe
tout le mal que vous dites des Écrivains fecs , des pefans , des plats ,
des durs , & je conçois qu'ils ont
été conftitués pour être ce qu'ils
font ; mais faites grace pour l'a-
mour de moi , à de certaines lan-
gueurs où tombent quelquefois les
grands Génies. Il y auroit de la
barbarie à ne les leur pas pardonner. L'imagination la plus belle
ne fauroit avoir une allûre également.

ment vigoureuse ; il faut qu'épui-
sée dans sa course , elle laisse des
traces de sa foiblesse ; & de - là
viennent ces négligences qui gâ-
tent quelquefois leurs Ouvrages :
mais du moins n'y a-t-il pas là tant
de mécanisme , & il me semble
qu'il y a en eux dequoi remedier à
ces sortes de fautes.

Je n'en sai rien , Madame ; il est
bien vrai que le feu de la com-
position passé , ces Messieurs peuvent se remettre à leur Ouvrage ,
en étudier avec sévérité les défauts, & même les corriger s'ils
ont le bonheur de les découvrir :
mais faites attention que pour revenir sur eux avec succès , pour
sentir les fautes que l'ardeur du
génie

génie leur a fait commettre , il faut
qu'avec du génie ils aient du goût :
& vous ne devez pas ignorer combien une pareille union est rare.
D'ailleurs, songez que ces gens de
génie dont vous parlez , revenant
sur leur Ouvrage & y revenant à
froid, comme il convient d'y être ,
pour en sentir les défauts , ne sauroient plus , par-là même qu'ils
sont froids , attraper ces tours vifs,
ces expressions hardies , qui font
l'accord & l'harmonie d'un Ouvrage conçu dans le transport , &
exécuté dans la chaleur. Que si
vous répliquez qu'avec les talens
que je leur suppose , ils doivent
avoir celui de se mettre en mouvement quand le besoin le requiert :

quiert : je vous répondrai qu'il y
a grande apparence qu'ils s'y met-
tront trop ou qu'ils ne s'y met-
tront point aſſez ; que ce degré
précis de fermentation , où étoit
leur ſang dans le beau tems de
leur compoſition , n'eſt pas à leur
ordre ; qu'il eſt bien difficile que
leur imagination , en rattrapant
de bons momens , les rattrape de
la même eſpece : & qu'ainſi vous ne
devez pas trop attendre d'eux ce
beau ſoûtenu, ce ton unique , cette
chaleur continue, qui aſſûre un Auteur de l'immortalité ; parcequ'elle
met la perfection à ſon Ouvrage.

En voilà de reſte pour vous
convaincre que les opérations de
notre eſprit , même celles qui ont
l'air

l'air d'être les plus libres, ont néantmoins le malheur d'être mécani-
ques , auffi-bien que le beau qui
en réfulte ; & fi cela eft , qu'efpérez-vous des obfervations que vous
me demandez ? Puis - je les faire
agir phifiquement fur votre imagination , leur donner un principe d'activité qu'elles n'ont pas ? Et
quand je leur donnerois tous ces
beaux privilèges, qu'y gagneriez-
vous , Madame ? Les lois de la
Littérature ont le défaut des Lois
de la Jurifprudence, elles font trop
vagues , trop générales ; & leur
grande généralité leur ôteroit les
trois quarts de leur effet, fi elles
étoient faites pour en avoir. Combien de chofes avec cela qui ne

Tome. III.   C   font

font point du reſſort des regles ?
En a-t'on pour le mot propre ? mot
dont le beſoin ſe fait ſentir à tous
les momens. En a-t'on pour la liai-
ſon, pour l'enchaînement des idées,
pour ces tranſitions fines, qui ſont
le ſublime de l'art ? Je ſai bien que
vous avez à répondre qu'on en a
de ſenſibles, de palpables, qui ſont
entre les mains de tout le monde,
& dont il y a moyen de faire uſage : mais celles - là toutes ſeules,
bien obſervées, que produiront-
elles ? des Ouvrages à faire périr
d'ennui. A l'égard des délicates,
c'eſt folie de compter ſur leur utilité. Qu'on ait, par exemple, un
récit à faire, croyez-vous qu'on
ſoit bien avancé d'avoir lû dans
Horace,

Horace, qu'il faut courir au plus vîte à l'évenement? S'il y a mille cas où il y faut courir, il y en a mille autres où la bonne grace demande qu'on s'arrête. Les regles spécifieront-elles ces différens cas? Je les en défie. Il y en a tant qu'à peine en trouvera-t'on deux qui se ressemblent parfaitement; & sur ce pié-là, que deviennent, je vous prie, vos regles?

Il vous reste à dire (& vous n'êtes pas tout-à-fait hors de combat) il vous reste à dire, Madame, que s'il n'y a point de profit à espérer de certaines regles, parcequ'elles sont trop délicates, il y en a du moins & même beaucoup, qui sont utiles: Qu'elles enseignent le chemin,

C 2 &

& l'enseignent toûjours bon: Qu'elles sont admirables, pour réprimer les saillies, pour modérer les fougues, pour régler le libertinage de l'imagination. Qu'un homme de génie, qui s'est égaré, n'a qu'à les consulter, le voilà sur le moment remis dans la bonne route : Que bien saisies & bien digérées, elles cultivent le goût : Qu'enfin il y a telle regle, qui, présentée nettement & d'une maniere sensible, peut contribuer considérablement à la perfection du goût. Tout cela est vrai, Madame, il est sûr qu'un homme de génie peut tirer du profit des regles ; mais pour cela il faut, s'il vous plaît, qu'il ne manque point absolument de goût. Il

est

est sûr aussi que les regles bien digérées , peuvent donner au goût
plus de finesse & plus de sûreté qu'il
n'en auroit eu. Mais pour les bien
digérer, ne saut-il pas avoir déjà du
goût ? N'en faut-il pas encore , &
même davantage , pour faire de ces
regles une application juste & convenable ? Quant à ce que vous dites
qu'il y a telle regle , qui , présentée nettement & d'une maniere sensible , seroit admirable pour développer le goût de quelqu'un à qui
on l'exposeroit , il n'y a pas moyen
de vous le disputer. Mais songez
que pour développer le goût de
quelqu'un , il faut que ce quelqu'un-là en aie ; qu'ainsi tout res-
sortit du goût , & qu'enfin sans lui

C 3   il

il n'y a nul secours à espérer des
regles.

Disons-le donc, & disons-le sans
détour , il n'y a que le goût , encore le veux-je exquis & raisonnable-
ment cultivé, qui , de concert avec
le génie , puisse opérer les belles
choses. Joignez-y, si vous voulez ,
ces observations délicates que vous
aimez tant, j'y consens;& ne croyez
point que je déroge par - là à mes
principes : car prenez garde que
pour faire ou pour aimer ces observations , il est nécessaire , comme je viens de vous le dire , d'a-
voir du goût ; que par conséquent,
c'est chercher en quelque façon ce
qu'on avoit déjà ; & qu'à proprement parler, se plaire à ces observations,

vations, c'est annoncer, c'est faire preuve qu'on a du goût, & qu'on veut à toute force l'étendre encore & le perfectionner.

Il y a un moyen plus sûr de faire prendre à l'esprit un noble & bel effort, de lui donner de hautes conceptions, de les lui faire expo-ser d'une maniere grande & magni-fique ; & je l'enseignerois à un ga-lant homme qui se sentiroit du gé-nie, & qui dans le siecle de bar-barie * où nous entrons, auroit la force

---

* Ce ne fut ni sous le regne de Tibe-re, de Caligula, ni sous celui de Tra-jan, de Marc-Aurele, &c. que les Ro-mains furent dans la Barbarie ; jamais on n'aima tant, jamais on ne cultiva

C 4   tant

force d'en faire usage. *Lisez & re-*
lisez, lui dirois-je, *les excellens mo-*
deles .

---

tant les Belles Lettres : jamais on n'eut
plus de ce qu'on appelle esprit ; ce fût
comme aujourd'hui à qui le mettroit
l'un sur l'autre, & voilà ce que j'appelle
entrer dans la Barbarie. Y être est tout
autre chose, c'est avoir rompu tout
commerce avec les Belles-Lettres, c'est
n'avoir plus aucune idée des Sciences ;
c'est être dans une ignorance crasse, &
sur ce pié-là, il seroit fou de nous traiter
de barbares : mais si, comme il n'y a pas
à en douter, la corruption du goût mene nécessairement à la barbarie : on me
permettra de dire que nous y entrons ;
que si l'on me demande quand nous y
serons ; je n'en sais rien : à en juger par
le passé ce ne sera pas si-tôt, & nous avons
encore du chemin à faire : mais enfin
nous

deles, digérez-les bien. Nourri de leur
substance, devenu ennemi du fard, vous
apprendrez à dédaigner ces feux d'aujourd'hui, ces feux de paille, dont il ne
reste de durable que la honte d'en avoir
été ébloüi. Vous avez mieux à espérer encore; soûtenu par l'exemple, animé du feu
de ces Grands-Hommes, plein des mer-
veilles que vous aurez vûes dans leurs
Écrits, le beau coulera de lui-même de
votre

---

nous arriverons; & comme l'état d'ignorance est notre état naturel, nous avons
l'air d'y rester quelque tems, ne fût-ce
que pour prendre haleine & nous reconnoître; ce tems passé ce sera le tour
du bon goût de paroître, & il paroîtra
pour disparoître encore; car la Nature
ne fait qu'aller & venir & tourner toûjours sur elle-même.

*votre imagination ; rien ne s'offrira à
elle qui ne soit digne d'eux ; rien qu'ils
voulussent désavoüer ; & fort de ce que
vous leur aurez pris , vous en viendrez
peut-être à les égaler ; peut-être à les
surpasser.*

Voilà , Madame , ce que je lui
conseillerois , & je suis sûr qu'il
s'en trouveroit mieux que de ces
observations tristes qu'on appelle
des regles. Car je n'ai pas encore
songé à vous le dire , ces regles ,
avec plusieurs défauts , ont celui
d'être exprimées presque toûjours
avec secheresse , & de porter à l'a-
me une froideur insupportable. Il
n'en est pas ainsi des bons modeles ; l'air de vie qui les anime é-
veille nos puissances, met en mouvement

vement notre imagination, y fait éclore le beau, qui y auroit péri faute de chaleur. Car, Madame, ne nous faifons point illufion ; il nous faut de la chaleur ; & celle qui produit & qui enfante, la belle en un mot, vous devez favoir que ce n'eft pas nous ordinairement qui nous la donnons.

Un autre bien que vous devez attendre des grands modeles, le voici : c'eft que fi les regles n'y font pas marquées, elles ne laiffent pas pour cela d'y être, & elles y font fi bien, que pour peu qu'on ait de goût, & que frappé du beau, on aime à favoir ce qui le pro-duit, il eft fort poffible qu'on le découvre, & qu'on foit même en

état

état d'en faire part aux autres. J'ai
lû quelque part qu'Horace avoit
tiré son Art Poëtique de ce qu'a-
voient dit avant lui Criton, Démo-
crite, Néoptoleme de Paros. Je
le crois, puisqu'on le dit. Mais je
soûtiens qu'Horace auroit fort bien
fait son Art Poëtique sans le secours de personne : il n'avoit pour
cela qu'à méditer sur ses Odes &
sur ses Satyres. La partie la plus
considérable des regles qu'il a données y est observée ; il ne lui auroit
fallu, ce qui étoit bien aisé, que
les réduire en préceptes. Le reste,
n'étoit-il pas le Maître de le prendre dans les bons Modeles ? Et de
faire comme Aristote, qui a formé
les regles du Poëme Épique sur
　　　　　　　　　　　l'Iliade,

l'Iliade, & celles de la Tragédie
fur ce qui l'avoit remué lui & les
Athéniens dans les Tragédies de
Sophocle & d'Euripide ? Vous-
même, Madame, qui me deman-
dez tout cet attirail d'obfervations,
vous en tireriez d'excellentes de la
Lettre que vous m'avez fait l'honneur de m'écrire. Les regles en
fortiroient d'elles-mêmes au plus
petit effort de méditation que vous
feriez. Et pourquoi, s'il vous plaît,
ne nous en donneriez-vous pas ?
Les plus Grands - Hommes n'ont
point rougi de nous en donner. Le
Précepteur d'Alexandre n'auroit
peut-être pas donné cette belle
Rhétorique qu'il nous a laiffée,
pour une demie-douzaine des ba-
tailles

tailles qu'avoit gagnées fon éleve ;
& je fuis bien trompé fi Cicéron
ne fe trouvoit pas plus honoré
dans le fond de fon ame d'avoir
analyfé à fa fantaifie deux ou trois
cens Orateurs dans fon Livre des
Orateurs illuftres , que d'avoir fub-
jugué cent fois les Maîtres de la
terre par fon éloquence.

A dire de belles chofes on s'attire l'admiration des autres ; mais
quand on fonge au peu qu'on met
du fien pour les dire , il n'eft pas
fûr qu'on ait la fienne. Il femble
que la forte d'efprit qui fait connoître le beau , qui le fait appré-
cier , eft plus à foi ; on en eft plus
flaté , & l'on croit avoir un peu
plus de raifon de l'être. Ainfi ,
Ma-

Madame, vous n'en ferez pas qui-
te pour ces faillies charmantes qui
vous viennent à tous les momens,
elles vous coûtent trop peu. Met-
tez-vous au plus vîte à nous donner des analyfes, elles ont toûjours
fait les délices des efprits du premier ordre, ou pour mieux dire de
vos pareilles. C'étoit un des plus
doux amufemens de Madame De
la Fayette. Madame la Duchefse
de Lefdiguieres ne cefsoit d'impor-
tuner le Chevalier de Meré pour
en avoir, & il ne lui arrivoit guere de lui en demander, qu'elle ne
fe mêlât d'en faire elle - même.
Mais, pour en revenir à l'état de
notre queftion, gardez - vous de
croire que ces deux Dames, en
cher-

cherchant avec tant de foin les caufes des agrémens, comptaffent en
écrire mieux. Elles écrivoient bien,
parcequ'elles étoient nées pour
bien écrire , & avoient fur cela
fort peu d'obligation aux regles.
Ce qui m'en affûre, c'eft que le
Chevalier de Meré , le plus grand
faifeur d'Analyfes de fon tems, &
qui fe tuoit de recommander à Madame de Lefdiguieres d'avoir l'efprit facile , l'avoit quelquefois fi
peu lui-même , que Ménage fon
ami, fe crut un jour obligé de lui
mander , qu'*entre plufieurs perfonnes*
qui admiroient fes Lettres , il y en
avoit quelques - unes qui trouvoient
de l'efprit & de la recherche , jufques
dans celles qu'il écrivoit à fon Pro-
cureur.

yeur. Cependant le Chevalier de Meré * avoit de l'esprit ; il étoit avec

---

* Le Chevalier de Meré avoit cinq ou six qualités admirables. L'esprit fin , juste , étendu , profond ; le goût exquis ; le sentiment délicat. Qu'on lui eût donné du feu, de la gaité , qu'on lui eût mis un peu de volupté dans l'ame, qu'on lui eût ôté la peur de mal écrire , on en eût fait un très bel esprit ; je dis un bel esprit ; car ce n'est pas avec deux ou trois belles qualités , fussent-elles éminentes, qu'on a , selon moi l'honneur de l'être. N'oublions pas une des grandes perfections du Chevalier de Meré ; il étoit Géometre , & pour son tems , fort bon Géometre ; ce qui dans une Lettre qu'il écrit à Paschal ne l'a pas empêché de médire de la Géometrie. Bayle la cite dans son Dictionnaire à l'article de Zé-

Tome III.   D   *non.*

avec cela homme du monde ; perfonne ne fentoit mieux que lui la
grace

---

non ; mais il a oublié de dire que la
Géometrie avoit été vangée. Leibnitz
piqué du mal qu'avoient dit ces Meffieurs de la Géometrie , traite l'un de
Spiritualifte outré , l'autre d'Efprit fu-
perficiel. C'eft au Public à juger des qua-
lifications. Tout ce que je fai, c'eft qu'a-
vec une forte d'efprit , fi on la poffede
à un très-haut degré, on devient , fi l'on
veut, Géometre du premier ordre ; mais
pour être Pafchal , il faut , ce me femble, en avoir de toutes les fortes , &
Leibnitz qui parloit fi haut , étoit-il fûr
d'avoir fa fourniture complette de ce
côté-là ? Je reviens au Chevalier de
Meré. Quoiqu'on foit aujourd'hui affez
peu curieux de le lire, qu'il ne foit pas
apparemment affez bon pour nous ; je
ne

grace que l'aifance & la liberté
mettent dans le ftyle. Qui l'empêchoit donc d'être auffi vif, auffi
naturel qu'il l'auroit voulu ? C'eft
que le goût, Madame, en appre-
nant ce qu'il faut faire, ne donne
pas la maniere de faire. Auffi me
fouviens-je de vous avoir fouvent
entendu dire qu'avec du goût tout
feul,

---

ne laifferai pas de dire à nos dédaigneux,
que s'il eft des Auteurs plus brillans, il
en eft peu d'auffi profonds. Qu'on life
fes Entretiens avec le Maréchal de Cle-
rambault, on fera étonné, fi l'on fait
l'être, de la foule d'idées délicates qui y
font répandues, & peut-être y trouvera-
t-on des chofes, quoique profondes,
dites d'affez bonne grace.

D 2

feul, il falloit, quand on étoit fage, fe bien garder d'écrire. J'a-
joute moi, qu'avec de l'imagination & même de l'efprit, on feroit
fort bien auffi de fe tenir en repos
quand on a le malheur de n'avoir
pas de goût ; parceque fi le goût,
lorfqu'on en a, peut s'étendre &
fe perfectionner, il eft fort vrai-
femblable que lorfqu'on n'en a
point du tout, c'eft qu'on n'eft
pas fait pour en avoir ; & qu'alors
on travaille inutilem.nt pour en
acquérir.

Il me vient une objection, Madame ; vous auriez peut-être la
malice de me la faire ; ainfi je crois
que je ferai fagement de la preve-
nir. Horace & Cicéron, qu'on ne
peut

peut foupçonner d'avoir eu un culte fuperftitieux pour les regles, ont pris tous deux, direz-vous, le parti de l'art. L'un dit, qu'il *ne voit point ce que peut le naturel, fans le fecours de l'art.* L'autre, à ce qu'on dit, prétend *que l'art eft plus fûr que la nature.* Or, continuerez-vous, l'art n'eft autre chofe que l'amas des préceptes, l'affemblage des regles ; donc il eft fort mal à vous d'ôter aux regles un honneur dont elles font en poffeffion ; je veux dire, celui d'opérer le beau, ou du moins d'aider confidérablement à fa production. Je n'ai qu'un mot à répondre à votre objection, Madame : il eft vrai qu'Horace & Cicéron ont tous deux vanté l'art ;

ils

ils en ont trop mis dans leurs Ouvrages pour n'en pas faire l'éloge.
Mais je vous crois trop raisonnable pour abuser des termes. Avoir
de l'art, n'est point certainement
faire une attention continue aux
regles ; attention qui refroidiroit
l'imagination, éteindroit le génie,
en dissiperoit les forces. Ce n'est
pas non plus ignorer les regles,
& je trouve fort bon qu'on s'ins-
truise de toutes, même de celles
qui par leur finesse sont hors de
la portée de la multitude. Mais je
dis que ce n'est nullement à l'assemblage des regles qu'ont pensé
Horace & Cicéron, quand ils ont
vanté l'Art.

Commençons par Cicéron. Il dit,
&

& vous pouvez vous aſſûrer qu'il
ne dit que cela ; il dit que bien que
les grands génies puiſſent par eux-
mêmes & ſans le ſecours de la Méthode, tirer d'un ſujet tout ce qui
y eſt : il eſt néantmoins plus ſûr
pour eux de s'aider d'un peu de
méthode * que de s'abandonner à
la

---

* Nous avons nos ſots dans la République des Lettres, & ces ſots, par malheur ſavent lire. Cicéron avoit dit au
commencement du quatrieme livre de
la nature des vrais biens & des vrais
maux. *Ars eſt dux certior quam natura*,
ce qui pris à la lettre, ſignifie que l'*Art
eſt un guide plus ſûr que la nature*. Quelqu'un apparemment a voulu faire l'éloge de l'Art ; pour y parvenir, il lui a
fallu décrier la Nature, mettre l'Art de
beau-

la maniere des Poëtes, aux forces
de leur génie. Quant à Horace,
vous

---

beaucoup au-deſſus d'elle ; Cicéron a été
cité auſſi-tôt comme Juge compétent.
On va voir comment & en quel cas Cicéron a dit qu'il falloit plutôt ſe fier à
l'Art qu'à la Nature, pour réſuter Caton, qui, dans le troiſieme Livre de la
Nature des vrais biens & des vrais maux,
avoit fait l'éloge des Stoïciens, Cicéron
ſoûtient qu'ils avoient ou paſſé ſous ſilence, ou gâté ce qu'avoient dit les
Péripatéticiens. Voici le texte : » De
» quibus à Chriſippo maxime eſt elabo-
» ratum tamen à Zenone minus multo,
» quam ab antiquis, ab hoc autem qua-
» dam non melius, quam veteres : qua-
» dam omnino relictæ. Cumque duæ
» ſint artes, quibus perfectè ratio & ora-
» tio compleatur, una inveniendi, al-
» tera

rous allez tout-à-l'heure vous convaincre par lui-même, qu'en parlant

---

» tera differendi : hanc posteriorem &
» Stoïci & Peripatetici, priorem autem
» illi egregiè tradiderunt, hi omnino ne
» attigerunt quidem. Nam è quibus lo-
» cis quasi thesauris argumenta depro-
» merentur, vestri ne suspicati quidem
» sunt. Superiores autem artificio & viâ
» tradiderunt. Quæ quidem res efficit,
» ne necesse sit iisdem de rebus semper
» quasi dictata decantare neque à com-
» mentariolis suis discedere. Nam qui
» sciet ubi quidque positum sit, qua-
» que eo veniat, is, etiam si quid obru-
» tum erit poterit eruere semperque esse
» in disputando suus. Quòd & si inge-
» niis magnis præditi quidam dicendi
» copiam sine ratione consequuntur :
» ars tamen est dux certior quam natu-

Tome III. E ra.

lant de l'Art il n'a pas plus voulu
parler des regles que Cicéron. *Nous*
avons

» ra, aliud eft enim Poëtarum more
» verba fundere, aliud ea, quæ di-
» cas, ratione & arte diftinguere. « Le
deffein de Cicéron, comme on vient
de le voir, eft de rabaiffer Zénon & les
Stoïciens, qui, pour faire fecte à part,
s'étoient féparés des Péripatéticiens, fans
avoir rien dit qui n'eût été dit par eux.
Pour le prouver, il cite différens genres, entr'autres, la Réthorique que les
Stoïciens avoient traitée affez mal, dont
même ils avoient omis quelques parties,
tandis que les Péripatéticiens qui les a-
voient précédés en avoient donné des
préceptes avec la plus grande étendue,
& néantmoins avec la plus grande précifion du monde. » Il y a, dit Cicéron,
» deux parties dans un Difcours, l'une ap-
» partient

avons, dit-il, dans fon Art Poëtique, *nous avons un malheur nous*
autres

» partient à l'invention des chofes, l'autre
» a pour objet la maniere de les exprimer;
» chacune de ces parties de la Rhétori-
» que a fes regles. Les Stoïciens, & les
» Péripatéticiens ont donné celles qui re-
» gardent l'expreffion. A l'égard de celles
» qui traitent de l'invention, l'honneur en
» eft dû tout entier aux Péripatéticiens;
» les Stoïciens n'en ont pas dit un mot.
» On diroit même qu'ils n'ont pas eu la
» moindre idée de ces fources fi fécondes
» de preuves, de ce que nous apellons *nos*
» *lieux communs.* Au lieu que les Péripa-
» téticiens les ont traités avec toute la mé-
» thode & tout l'art poffible, art qui nous
» difpenfe de répéter toûjours fur un fujet
» les mêmes chofes; ce qui fent l'écolier
» ou l'homme, qui n'ayant par lui-même
E 2 » rien

autres Poëtes, l'apparence du bien
nous trompe presque toûjours : moi,
                                    par

» rien à dire, va chercher dans ses collec-
»tions de quoi remplir son sujet. Quicon-
» que, en effet, sait où sont placées les
» différentes faces des choses, qui sait par
» quelle voie il pourra réussir à les attra-
» per, ne sera point embarrassé à décou-
» vrir celles qui sont les plus cachées, &
»par la maniere dont il traitera sa matie-
» re ; maniere qui sera à lui, montrera à
» quel point il la possede. Car bien que
» les Beaux Génies puissent par eux-mê-
»mes & sans aucune méthode tirer d'un
»sujet tout ce qui y est, l'embellir même
» des ornemens de l'éloquence; il est vrai
» néantmoins, qu'il est plus sûr de s'aider
»d'un peu de méthode, que de s'abban-
» donner aux forces de son génie. Car
»autre chose est de n'avoir qu'à se livrer
                                         à

par exemple, je veux être court, je
deviens obscur ; un autre veut polir
son

» à son imagination, à se repandre en
» belles paroles, à la maniere des Poëtes;
» autre chose, de mettre dans un sujet de
» l'ordre, de l'exactitude, de la précision,
» & les qualités seches & lumineuses qui
» lui sont nécessaires. « Il est si clair que
ce n'est point le dessein de Cicéron de
mettre en général l'Art au-dessus de la
Nature, que voici comme il s'explique
au sujet de l'Art dans ses Dialogues,
de Oratore : *Trois choses, dit-il, servent à
l'invention dans l'éloquence, le Génie,
la Méthode que nous appellerons Art, si
vous voulez ; la troisieme, le travail :
pour moi, continue-t-il, je ne saurois
m'empêcher de donner au génie la premiere place.* » Et sic eum ad invenien-
» dum tria sint ; acumen, deinde ratio

E 3 » quam

son Ouvrage, il en ôte le feu, lui fait perdre sa force ; celui-ci veut être sublime.

» quam licet si volumus appellamus ar-
» tem, tertiam diligentia : non possum
» equidem non ingenio primas conce-
» dere. Ensuite, après avoir examiné
brievement ce que peuvent l'Art, le
Travail & la Méthode, il finit par dire :
» inter ingenium quidem & diligentiam
» paululum loci relictum est arti ; » ce
qui signifie *que le Génie & le Travail,
laissent peu de chose à faire à l'Art dans
l'éloquence.* Par la méprise qui a été faite
au sujet de Cicéron, par celle que je
releve au sujet d'Horace, par un million d'autres, qui ne sont pas venues à
ma connoissance, je laisse à juger de la
confiance qu'on doit avoir aux Auteurs
quand ils citent, & combien en général il est difficile de traduire. On a dit
que

blime, il eſt enflé ; celui-là plus prudent craint de s'égarer dans les airs.
Mais

---

que pour bien rendre un Auteur, il falloit avoir autant d'eſprit que lui. Je dis
moi , que ſi l'Auteur a eu des matieres
délicates à traiter ; il faut , avec autant
d'eſprit que lui , avoir encore le talent
de le deviner. Eh, le moyen, n'étant pas
ſon contemporain , d'être bien juſte au
fait des termes de ſa langue ; comment
n'y étant pas , & ne pouvant pas s'y mettre, rendre ſon idée telle qu'il l'avoit
dans la tête ; & quel parti prendre pour
approcher de ce qu'il a voulu dire , pour
le ſaiſir du moins autant qu'il eſt poſſible, que de s'aider de ce qu'il a dit devant , de ce qu'il dit après , & de chercher tant dans le caractere général de
ſon eſprit que dans la nature des choſes
qu'il traite, le dénouement des difficul-
E 4   tés

Mais à peine s'élève-t-il de terre, il rampe. Il en est de même d'un autre. il craint une uniformité qui dépareroit son sujet, il veut le varier, l'embellir par un peu de merveilleux. Que fait-il ? Il met un Dauphin dans les forêts, & un Sanglier au milieu des flots. Enfin, continue Horace, *on diroit que c'est une espece de nécessité de tomber dans un défaut toutes les fois*

---

tés qui arrêtent ; ce qui avec un travail immense, avec une intelligence parfaite de deux langues, suppose une pénétration, une finesse d'esprit, une délicatesse de sentiment qui a été rarement donnée aux Traducteurs, & dont ordinairement ils sont assez mal payés quand ils les ont.

Par

fois qu'on en veut éviter un autre ; du moins est-il sûr qu'on y tombera, si l'on n'est soûtenu par beaucoup d'art. Je demande, Madame, si en interprétant art par assemblage de regles, il y a moyen d'entendre Horace ? Mais voulez - vous lui trouver sa justesse & sa netteté ordinaire ? Au terme d'art substituez celui de goût , terme qui de son tems n'étoit pas connu. * Rien alors

---

* Par le terme de *judicium*, les Romains entendoient quelquefois ce que nous entendons par goût ; mais n'est-il pas étonnant qu'ayant autant de goût qu'ils en avoient, ils n'aient point créé de terme qui lui fût uniquement appliquable ?

Autre

alors de plus net, de plus judi-
cieux, de plus beau, que ce que
dit

Autre singularité, Séneque & Pline
en parlent tous deux à merveille, &
comme s'ils l'avoient eu exquis. Je voudrois bien savoir pourquoi en parlant si
bien du goût, ils en manquoient si fré-
quemment dans leurs Ouvrages ? Apparemment que de leur tems c'étoit
comme aujourd'hui, la mode de l'avoir
mauvais ; peut-être aussi que le tems
où l'on parle le plus du goût n'est pas celui où on l'a meilleur. Dans le siecle de
LOUIS XIV. on en parloit peu, on songeoit peu à connoître sa nature; mais sans
trop la connoître, on en avoit beaucoup.
Nous en parlons aujourd'hui davantage,
& nous en avons moins. Seroit-ce que
semblables aux fruits délicats, le goût
ne veut pas être trop manié ? Ou ne seroit-ce

dit Horace. Je le dis donc hardiment, & je compte le dire après
lui, il n'y a que ce fentiment qui
nous a été plus ou moins donné à
tous, pour diftinguer ce qui eft
convenable d'avec ce qui ne l'eft
point ; cet inftinct plus fûr que la
raifon, le goût, pour tout dire,
qui puiffe, felon le précepte d'Horace, varier un fujet fans donner
atteinte à fon uniformité ; polir un
Ou-

---

roit-ce pas plutôt que la débauche honteufe où nous fommes plongés, que la
corruption de nos mœurs, que l'efprit
d'intérêt & de baffeffe qui nous domine, a tout-à-fait ufé notre fenfibilité, &
que le goût qui en dépend, & qui eft
lui-même un fentiment, en a fouffert.

Ouvrage fans le refroidir ; attraper jufte cette précifion, qui pouffée un peu plus loin, iroit à l'obfcurité ; démêler le fublime du guindé, le fimple du bas & du rampant. Le mot d'art, Madame, qui doit vous embarraffer, eft un des mots de notre Langue, dont la fignification eft la moins précife. On dit quelquefois qu'un Livre fent trop l'art ; Art alors veut dire étude, contrainte, & par conféquent manque de naturel. On dit auffi d'un Roman, dont les évenemens font bien préparés, les fituations ménagées avec adreffe, les paffions filées ce qu'elles doivent l'être ; on dit en pareil cas d'un Roman, qu'il eft écrit avec bien

de

de l'Art ; Art alors se prend pour goût, du moins n'est-ce que pour cela qu'on doit le prendre. Pour moi, Madame, qui connois Horace, qui ne saurois lui faire l'injustice de croire qu'il a parlé de travers, je soûtiendrai toûjours que par Art il a entendu ce que nous entendons aujourd'hui par goût. Ce qu'il y a de sûr, c'est que ce goût, dont je vous parle, a fait tout ce qu'il y a de beau dans le monde. Du moins le beau pour peu qu'il soit continu, ne s'est-il jamais fait sans lui : par lui l'on apperçoit l'intervalle du médiocre au bon, du bon au beau ; * par lui l'on

---

* Il y a des gens qui confondent le bon

l'on diſtingue dans le beau un million de nuances qui vont à l'infini. C'eſt lui qui fait que peu content

---

bon avec le beau. Eſſayons de leur en faire ſentir la différence : le beau, du moins le vrai beau, contient, ce me ſemble, le bon, ne va jamais ſans lui, au lieu que le bon peut fort bien aller ſans le beau. Diſons donc pour définir le beau, qu'il eſt le bon embelli, le bon piquant par lui-même, ajoutons-y encore, & préſenté d'une façon piquante ; car les fonds les plus merveilleux n'achevent leur perfection, n'acquèrent une beauté complette que par la maniere heureuſe dont ils ſont préſentés. D'où réſulte, comme on peut juger, la néceſſité de bien penſer ce qui ne ſuffiroit pas ; mais encore de bien écrire.

tent du bon, on aspire au meilleur;
c'est par son secours, par ses conseils, disons mieux, par ses chica-
nes, qu'à force de tems, de soin &
de travail, on trouve à ses idées la
place qui les met en état de produire le plus bel effet dont elles
sont capables. C'est lui qui après les
avoir assorties les unes aux autres,
y assortit les tours, qui forme &
lie un tout par d'heureuses & d'in-
visibles chaînes ; c'est lui qui com-
bine le solide avec le gracieux, qui
tâche autant qu'il peut de les faire
aller ensemble ; c'est lui enfin, qui,
quand la chose n'est pas possible,
donne le courage de sacrifier l'un,
pour tirer quand la matiere l'exige,
meilleur parti de l'autre ; & c'est

avec

avec votre permiſſion, Madame, ce que les regles n'apprendront jamais à faire à perſonne, à moins qu'elles ne ſoient ſoûtenues d'un beau génie & d'un goût exquis. Et alors l'honneur du beau reviendra au goût & au génie, & jamais aux regles ; parceque, ſans compter les raiſons que je vous en ai déjà données, le goût & le génie ont fait de belles choſes avant que les regles fuſſent établies, & que ce n'eſt que ſur ce qu'ils ont fait enſemble & à frais communs, qu'elles ont été faites.

Il me reſte, après avoir un peu médit des regles, à vous faire voir leur utilité ; & c'eſt ici que je compte me raccommoder avec vous.　　Il

Il est impossible que vous ne l'ayïez remarqué , Madame , les hommes ont un grand plaisir à disputer , & c'est un des grands profits qui leur revient de n'être pas raisonnables. Ce sont surtout les matieres de goût qui les amusent ; parceque ce sont elles qui fournissent le plus à leurs disputes. Il est étonnant à quel point ils sentent quelquois différemment les uns des autres. Celui - ci trouve une chose bonne , elle ne paroît que supportable à celui-là ; un autre dit tout net qu'elle est mauvaise ,& sur cela grande contestation, car chacun veut avoir raison. Or les regles en pareil cas vuident quelquefois assez - bien les diffé-

Tome III.   F   rens.

rens. Quelqu'un , par exemple ;
dira que les Fables de Mr. de la
Mothe valent mieux que celles
de la Fontaine ; il eſt indubitable
que je lui répondrai que celles de
la Fontaine ſont meilleures. Mais
qui nous jugera ? Je n'aurai que
mon impreſſion à oppoſer à la ſienne , nous voilà but-à-but , ainſi
rien de décidé. Que faire alors ?
J'irai chercher dans les regles les
qualités qu'on demande à la Fable.
Je verrai dans ces regles , c'eſt-à-
dire dans un conſentement unani-
me & général de tous les hommes ;
car les regles ne ſont autre choſe ,
je verrai dans ces regles qu'il faut
que le récit d'une Fable ſoit court,
qu'il faut encore qu'il ſoit naïf,
que

que le ſtyle en doit être ſimple, familier, égal ; enfin j'y trouverai
une bonne partie des qualités qui
manquent aux Fables de Mr. de la
Mothe. Cela fait, j'aurai raiſon de
mon adverſaire ; & ſi ſon obſtina-
tion me refuſe le triomphe, les Au-
diteurs du moins m'ajugeront le
prix de la victoire. Voilà, Madame, l'obligation que j'aurois, &
que tout autre que moi en pareil
cas peut avoir aux regles, ou à ce
qu'on appelle diſcuſſion : mais n'en
déplaiſe aux Partiſans de la diſcuſſion, quelque bonne qu'elle ſoit
en elle-même, on court riſque de
lui donner trop d'étendue ; & il
n'eſt pas ſage de s'y fier toûjours.
Car enfin, un Ouvrage pourroit
F 2 être

être approuvé & déclaré bon au tribunal de la difcuffion, fans mé-riter grande confidération ; & cela, parceque la dicuffion ne peut juger que des maffes principales d'un Ouvrage. Or les maffes prin-pales d'un Ouvrage peuvent être fort bonnes, & l'Ouvrage fort mé-diocre. Ce qui le rend excellent n'eft pas la conformité de fes grof-fes maffes avec les regles établies, cela ne pourroit que l'empêcher d'être abfolument mauvais. Son excellence vient d'ailleurs, elle vient d'un beau, que content de fentir on doit renoncer à connoî-tre, d'un beau qui fort à tous mo-mens, & fort de mille & mille en-droits : elle vient d'une infinité de petits

petits riens, plus charmans les uns
que les autres ; mais fi fins, fi délicats, qu'il eſt impoſſible de les manier : & ce ſont ces riens-là qu'on a
aujourd'hui la manie de ſoûmettre
à la diſcuſſion. Je l'ai déjà dit, &
l'on m'en a grondé ; mais fi j'en
trouve l'occaſion, je ne laiſſerài pas
de prendre la liberté de le dire encore. Nous faiſons trop les raiſon-
neurs , & ce qu'il y a de fingulier , nous le faiſons toûjours hors
de propos. Timides & ſottement
circonſpects , nous n'oſons porter
notre raiſon ſur je ne ſai combien
de matieres qui ſont de ſa compé-
tence ; & pour qu'il ſoit dit que
nous en faiſons quelque choſe,
nous l'employons à des matieres ,
qui la déshonorent & nous auſſi :

&

& voilà le beau profit que nous ti-
rons d'elle. Mais que fait-on ? C'est
peut-être là l'usage qu'il est établi
que nous ferions de nos facultés.

Me voilà arrivé à la grande utilité des regles, & je voudrois bien
qu'il fût possible de vous la faire
sentir, sans vous ennuyer : mais il
me faudra rémonter à l'établissement des regles, entrer dans les
raisons qu'on a eues de distinguer
les genres ; & je prévois que tout
cela ne sera pas agréable.

Monsieur de Pouilly nous a dit
dernierement dans le beau morceau qu'il nous a donné, qu'à l'e-
xercice de nos facultés naturelles
étoit attaché un plaisir qui ne nous
manquoit jamais. Il a raison ; c'est
par-là qu'un jeune homme plein
de

de santé & de vigueur se plaît aux
jeux d'exercice , aime la chasse ,
respire la guerre , se livre avec joie
à tout ce qui lui fait faire essai de
ses forces ; & souffriroit en conséquence beaucoup , s'il ne lui étoit
par permis d'en faire usage. Il en
est précisément de même d'un
homme de génie. Né pour exercer ses puissances , sa vigueur ,
quand elle est oisive , l'embarasse.
Son génie , s'il le retient , ne lui
donne point de repos qu'il ne l'ait
laissé éclore ; il faut enfin qu'il lui
cede , parcequ'il y a un grand plaisir à se rendre , surtout lorsqu'on
en a grande envie. Vous ne savez
pas cela , Madame ; mais quantité
de jolies femmes , qui ne sont pas
si raisonnables que vous , vous en
ren-

rendront bon compte quand vous
voudrez. Je dis donc, pour en venir à l'établissement des regles,
qu'il se trouva autrefois, comme
il s'en trouve encore aujourd'hui,
des gens de génie qui suivirent leur
vocation, s'abandonnerent à l'im-
pulsion de la nature, & donnerent
des Ouvrages tels que le génie,
quand il est dans toute sa force,
en fait donner. Je vous laisse à juger combien on fut touché de ces
beautés. On se vit frappé par mille
endroits par où on ne se croyoit
pas sensible. Enfin l'on admira
beaucoup & l'on admira d'autant plus, qu'on n'avoit encore rien vû de pareil. Mais quand
on eut bien admiré, voici ce qui
arriva :

arriva : comme les Grands Génies occupés à produire le beau, n'a-voient pas le loisir de le discuter, il y eut des gens, qui n'ayant peut-être pas comme eux, le talent de le créer, avoient celui de le sentir, & de le bien connoître.* Que fi-

rent

---

* Parceque les Grands Génies occupés à créer le beau avoient laissé à d'autres le soin de le discuter, & d'en donner les regles, il ne faut pas croire qu'ils n'eussent pas pû les donner. Le Goût & le Génie, quoiqu'ils ne le trouvent que trop souvent séparés, ne se donnent point exclusion l'un à l'autre. Les Grands Hommes ont toûjours les deux. Et de quelques fautes qu'ils ont laissées dans leurs Ouvrages, ne leur faisons pas l'injure de croire qu'ils ne les ont pas

Tome III. G vues.

rent ceux-là ? Ils recueillirent les
endroits qui les avoient frappés en
bien

---

vues. Croit-on que Corneille ne sût pas
que sa Tragédie des Horaces n'ayant
de l'étoffe que pour quatre Actes, son
cinquième étoit vicieux ; il le savoit si
bien qu'il a été le premier à le dire.
Quant aux négligences de style que ce
grand Homme s'est permis, il est hardi
deles regarder toutes comme vicieuses;
j'en connois telles, qui corrigées, fe-
roient disparoître des beautés qui leur
sont attachées, & peut-être qu'elles ne
nous déplairoient pas si nous avions plus
d'amour pour le naturel. D'autres ne lui
ont pas parues assez considérables pour
les corriger, & puis en les corrigeant il
eût fallu être froid, & Corneille & ses
pareils ne sauroient se résoudre à l'être.
Les esprits médiocres triomphent quand
ils

bien ou en mal ; ils firent deſſus leurs obſervations ; & les obſerva-tions bien & dûement faites, ils établirent des regles.

J'ai oublié de vous dire, Mada-me, que ces gens de génie, dont je vous ai parlé en premier lieu, ne

---

ils diſent que Corneille n'avoit pas de goût, où ont-ils pris cela ? Il en avoit, & même beaucoup ; mais avec du goût, il avoit un beau génie ; & ces deux dons du Ciel, quoique faits pour aller enſem-ble, donnent bien du mal à ceux qui veulent les accorder. Les petits eſprits ſont plus heureux ; tout ce qu'ils ſont leur paroît admirable, ils ſe mirent tou-te la journée dans leurs ſottiſes, & voilà ce qui les fait vivre ſi gais & ſi contens.

G 2

ne s'appliquerent pas tous au même genre d'écrire. L'un, né avec
une imagination bouillante & im-
pétueuſe, fit des Ouvrages confor-
mes à ſon caractere ; l'autre, do-
miné par des paſſions douces &
tendres, ſe livra à ſon penchant,
travailla dans le voluptueux ; d'autres, ayant des goûts mixtes, donnerent des Ouvrages mixtes ; enfin preſque tous les genres ſe trou-
verent entamés, ce qui fut d'une
grande commodité pour les Fai-
ſeurs d'obſervations : car les beaux
Génies étant, par leur qualité de
beaux Génies, obligés d'avoir du
goût, & les ſéparations des genres
ſe trouvant en conſéquence marquées juſte dans leurs Ouvrages,
les

les Observateurs purent commo-
dement & en toute sûreté travailler
d'après eux : & ce qui devoit encourager encore les Faiseurs de regles, c'étoit l'infaillibilité de leurs
remarques. Elles n'étoient qu'un
rapport fidele, qu'un extrait des
impressions, qui avoüées de tout le
monde & ayant été généralement
reçues, ne pouvoient point être
fautives.

Voilà, Madame, comment se
font établies les regles. A l'égard
de leur utilité, vous la devez deviner vous-même, elles servent à
fixer & à constater le goût, ce qui
(volages & amoureux de la nouveauté comme nous le sommes)
doit nous les rendre extremement

G 3　　　　　im-

importantes. Je ne dis pas néantmoins, (car vous favez que je ne
fuis pas extrême) je ne dis pas
néantmoins qu'il faille nous y affu-
jettir en écoliers ou en pédans. Et
fur cela il y a réellement des complimens à nous faire ; car voici
comme nous nous comportâmes à
la renaiffance des Belles-Lettres.
Nous commençâmes par raffem-
bler les regles établies par les
Grecs, & fuivies par les Romains,
nous nous y affujetîmes tant que
nous pûmes. Mais comme nos
mœurs n'étoient pas tout-à-fait
celles des Grecs & des Romains,
il n'y eut pas moyen de fuivre toûjours la loi à la lettre. La galante-
rie, par exemple, ayant paffé des
Efpagnols

Espagnols chez nous , & s'y étant
perfectionnée , il fallut ajuster les
regles à nos mœurs , créer des
genres nouveaux , ajoûter à ceux
qui étoient déjà établis ; & c'est
ce que nous fîmes. De-là moins
de détails purement rustiques dans
nos Églogues ; de - là l'invention
des grands & des petits Romans ;
de-là l'entrée que nous avons donnée à l'amour dans la Tragédie.
Mais comment nous y sommes-
nous pris ? Avec toute la sagesse
imaginable. Si nous avons ôté à
l'Églogue un peu d'une certaine
rusticité qui n'est point dans nos
mœurs , nous avons toûjours voulu qu'on nous la donnât simple, dé-

G 4   licate ,

licate & naturelle. Nos grands
Romans font, pour ainsi dire, un
genre nouveau ; mais nous les
avons bâtis fur les fondemens du
Poëme Épique. A la réferve du
merveilleux qui n'y eft pas le même, & de l'amour qui, d'accefloire qu'il étoit dans le Poëme, eft
dans le Roman devenu le principal, ce font prefque de vrais Poëmes Épiques. Quant aux petits
Romans, lorfqu'ils font bien faits,
on les trouve conftruits fur toutes
ces belles regles de goût qui font
dans Horace & dans Quintilien ;
& laiffant à part fi l'on a eu raifon
de faire entrer l'amour dans la Tragédie, je demande s'il pouvoit être
uni aux anciens refforts de la Tragédie

gédie avec plus d'art, plus de con-
venance & plus de fageffe, qu'il
l'a été dans le fiecle paffé par Corneille & par Racine.

Il réfulte, Madame, de ma petite Hiftoire de l'établiffement des
regles, & de la maniere dont on
s'y eft prêté depuis la renaiffance
des Belles - Lettres, qu'on s'eft
toûjours fait honneur en France
de s'y foûmettre. Il eft vrai, & je
ne vous l'ai point diffimulé, on
s'eft quelquefois élevé au - deffus
d'elles; mais que les Pédans de
l'Antiquité (car malgré l'admiration que j'ai pour elle, je conviens
qu'elle en a fait & qu'elle en fait
encore (mais que les Pédans de
l'Antiquité en difent ce qu'ils vou-
dront ;

dront ; ajouter au genre qu'on
traite & l'embellir ; donner de nouvelles richesses à l'art ; entrer dans
les vûes des Législateurs;faire plier
doucement & toûjours à propos
les regles ; ce n'est pas là s'écarter
d'elles. Hé, mon Dieu ! Madame,
nous serions bienheureux si l'on
en faisoit encore autant ; & je voudrois bien qu'on n'eût aujourd'hui
que pareils reproches à nous faire.
Mais hélas ! quelle différence du
siecle que je viens de vous vanter
au nôtre ! Au lieu d'embellir l'art,
on ne songe aujourd'hui qu'à le
défigurer ; on heurte de front les
regles, on dénature les genres ; ce
n'est que fard, que faux-brillant,
que parure artificielle ; plus de
sim-

simplicité, plus de beau feu, plus
d'harmonie dans nos difcours ; &
fi l'on excepte un petit nombre
d'Auteurs qui fe roidiffent contre
le mauvais goût, on diroit que les
autres fe font ligués pour nous dé-
foler, par la foule des beautés déplacées dont ils nous accablent.
Vous m'allez demander pourquoi
des gens que vous eftimez, & que
j'eftime auffi, des gens qui ont de
l'efprit, quelquefois même du génie, donnent dans de pareils égaremens, fe livrent à de fi étranges
fingularités ? Il y a mille chofes à
vous répondre, Madame ; mais je
n'ai que le tems de vous dire celle-
ci : à être fingulier il y a deux
gains confidérables à faire. Premierement,

rement, fûr de ne rencontrer perfonne en fon chemin, on n'a perfonne à éviter, ce qui eft un grand bien
pour la pareffe. En fecond lieu,
(& c'eft cela qui eft charmant pour
la vanité) on eft prefque affûré de
réuffir. Il eft tout autrement in-
commode de travailler fur des pa-
trons reçus, il faut alors non feulement s'écarter des routes par où
ont paffé nos prédéceffeurs, il faut
encore (ce qui n'eft pas facile)
faire mieux qu'eux ; car comptez
qu'en faifant auffi bien, on paffe-
roit pour avoir fait plus mal. Il n'y
a donc point à héfiter, Madame,
il faut être *nouveau* ; on eft fûr du
moins d'un fuccès paffager. Quant
à la Poftérité, que vous dites qu'il
ne

ne faut jamais perdre de vûe, pourquoi voulez-vous que nous nous
en mettions en peine ? Notre récol-
te n'est-elle pas faite quand nous
avons affaire à elle ? Et en vérité,
voilà de belles chimeres à propo-
ser à des Philosophes.

Vous n'aurez plus rien, Madame, sur les regles : & je crois vous
avoir assez ennuyée à vous parler
d'elles. Il me reste à vous demander de la discrétion ; & de grace
ne me la refusez pas, vous me
brouilleriez sûrement avec les hommes. Je les connois ces hommes
avec qui je vous prie de ne me
point commettre. Nés ardens, ou
toûjours prêts à le devenir, ils ne
se trouvent bien qu'aux extrémi-

tés

tés. Eſſayer de les tirer de-là, vouloir les ramener à un milieu raiſonnable, c'eſt leur joüer un tour
qu'ils ne ſeront pas d'humeur à
me pardonner : car, diront les Pédans & les rigides Obſervateurs
des regles, cet homme-là eſt ridicule. La loi eſt ſi ſage, que pour
peu qu'on y touche, c'eſt toûjours
un crime d'y toucher. Les Nova-
teurs crieront de leur côté, trou-
veront mauvais mon zele pour les
regles, & ne me paſſeront point
les petites réprimandes, que j'ai
la prudence néantmoins de ne leur
faire qu'en nom collectif ; car je déclare ici que je ne veux fâcher perſonne. Hé ! que m'importe à moi
que ces Meſſieurs aient du goût
　　　　　　　　　　　　ou

ou qu'ils n'en aient point ? Qu'ils écrivent bien ou mal ? Qu'ils acquerent aujourd'hui une réputation qu'on leur ôtera demain , ou que pouſſant plus loin la ſéduction, ils ſurvivent de quelques ſemaines à leur gloire ?

Quant aux reproches , que vous avez à me faire , ſur ce que je n'ai pas répondu exactement à toutes vos demandes;je vous dirai que j'ai crû devoir m'en tenir à quelques articles de votre Lettre ; & c'eſt un tour que ma raiſon & ma pareſſe m'ont toutes deux conſeillé de prendre. Car enfin, c'étoit un Livre que vous demandiez , un gros Livre, une Rhétorique complette. D'ailleurs , il eût été beau que

que j'eusse eu l'audace de traiter
à fond une matiere qui a fait fré-
mir jusqu'ici Messieurs de l'Aca-
démie Françoise, & qu'ils ont
toûjours eu la modestie de croire
au-dessus de leurs forces?

Ne me demandez donc plus
rien, Madame; je ne me mêle
presque plus ni de penser, ni d'é-
crire : occupé à la maniere des
anciens Patriarches, mes chevaux
fendent actuellement les guerets,
mes moutons paissent dans la prai-
rie, nul soin dans ces beaux lieux
ne m'importune, aucune espece
d'inquiétude ne me tourmente: &
si quelqu'un pouvoit m'ôter les
migraines qui me désolent, je ne
changerois pas ma condition contre

tre celle du premier Prince du monde. Vous ne me comprenez pas, Madame ; emportée comme les autres dans le tourbillon des paſſions tumultueuſes, les douces vous paroiſſent fades. Vous en jugeriez autrement, ſi vous aviez été dans nos Bocages. Venez donc, ſi vous m'en croyez, y prendre de nouveaux goûts : venez me joindre dans ma ſolitude. Les Déeſſes n'ont pas dédaigné d'habiter les Campagnes ; venez-y voir lever l'Aurore, vous ne l'aurez jamais vûe ſi belle. Les Oiſeaux dans nos cantons chantent mieux qu'en aucun endroit du monde. Les Ruiſſeaux y ont le murmure plus agréable : & ſi dans nos Vallons on ne trouve point les chemins qui menent à la fortune, qu'importe à qui ne les cherche point ? Et ne suffit-il pas qu'au lieu de ces faux biens qu'on appelle grandeurs, on y trouve cette joie pure qui fuit les Cours, & que je ne vois pas même qu'on connoisse beaucoup dans les Villes ? Mais le goût de la Bergerie m'emporte, & il y a long-tems que j'aurois dû m'appercevoir que ma Lettre passe les bornes ordinaires d'une Lettre. Je finis donc, Madame, en vous assûrant que je suis avec respect,

Votre très-humble & très-obéissant serviteur.

LETTRE

LETTRE

A M. CREVIER,

Au sujet d'une Lettre par lui écrite
aux Auteurs des Observations
*Modernes. ***

VOus me l'avez permis, Monsieur, j'ai lû votre Lettre avant de la rendre à son adresse, & je ne compte pas vous flater quand je vous dirai que je l'ai trouvée comme tout ce que vous faites, c'est-
à dire

---

* Observations sur les Ecrits modernes. Lettre 313. page 285.

H 2

à-dire charmante. Sérieusement, je suis bien-aise qu'on vous ait agacé. Au moyen de cette petite guerre, la matiere s'est considérablement éclaircie: car qu'est-ce qui ne s'éclaircit pas en passant par vos mains ? Mais savez-vous que votre illustre adversaire, Monsieur le Chevalier P.... vous a fait grace sur un grand nombre d'articles, qu'en qualité de votre ami, je n'aurois pas eu l'indulgence de vous passer. A quoi songez-vous, par exemple, quand au commencement de votre Lettre aux Observateurs des Ecrits modernes, * vous dites :

» vous

---

* Observations sur les Ecrits modernes. Tom. 23. Lettre 143. pag. 305.

» vous avez fort bien caractérisé,
» Messieurs, l'Abbé de Saint-Réal,
» en lui attribuant *un Pinceau plus*
» *fort que délicat.* »

Étoit-ce à vous à leur faire un compliment si peu mérité ? Et ne craignez-vous pas qu'on ne vous accuse de vouloir ôter à l'Abbé de Saint - Réal, une qualité qui pour n'être pas toûjours chez lui au plus haut degré, ne devoit pas pour cela vous échapper ?

S'il est bon, & vous le savez mieux que moi, s'il est bon d'être délicat, outre qu'il n'est pas nécessaire de l'être toûjours ; il faut encore, quand il est permis de l'être, l'être avec discretion, & la nature des sujets qu'a traités l'Abbé de

Saint-

Saint-Réal étant telle pour la plû-
part, que c'étoit au mâle & au
nerveux à y dominer ; il me semble
qu'il n'eût pas été de la bienseance
que la délicatesse s'y fût emparé
de la premiere place.

» Si votre objet, continuez-vous
» en vous adressant toûjours à ces
» Messieurs, » avoit été de vous
» étendre sur son sujet, je ne doute
» pas que vous n'eussiez ajoûté
» qu'en fait d'histoire, il avoit un
» goût décidé pour le Parado-
» xe. Je ne trouve en effet rien
» de comparable à l'idée qu'il a que
» de remettre en honneur le nom
» de Lepide, l'un des plus minces
» génies que la fortune ait pris
» plaisir à élever, & qui dès qu'il
» ne

» ne fut plus soûtenu par les cir-
» conſtances , & qu'il ſe trouva
» abandonné à lui-même, retom-
» ba dans le néant qui convenoit à
» la médiocrité de ſon eſprit & de
» ſes talens. Je ne trouve, dis-je,
» rien de comparable à cette idée
» ſinguliere, que l'entrepriſe non
» moins biſarre de décrier Atticus,
» l'un des plus honnêtes hommes
» de l'antiquité.

Pour ne point brouiller les per-
ſonnages , mettons ici une eſpece
d'ordre , & commençons par Lepide.

» On nous a laiſſé, dit l'Abbé de
» Saint-Réal , un caractere de Le-
» pide fort peu avantageux : on l'a
» dépeint, avare, vain , ſourbe , &
                              » ſans

» fans pas une de ces vertus qui
» convenoient au caractere dont il
» étoit revêtu : on s'eft récrié con-
» tre la fortune qui l'éleva & le
» foûtint quelque tems dans le rang
» fublime de Triumvir fans aucun
» mérite de fa part , & l'on a ap-
» plaudi à cette même fortune
» quand elle lui fit fentir fes re-
» vers & le remit dans le trifte état
» où il paffa les dernieres années
» de fa vie.

　　　　» Il fe pourroit pourtant bien
» faire que les mêmes Hiftoriens
» qui ont fi fort outré les loüanges
» d'Auguste , & exageré les dé-
» fauts d'Antoine , euffent donné
» un portrait de Lepide plus con-
» forme à leurs paffions , & à l'in-
　　　　　　　　　　　　　　» térêt

» térêt du Prince qu'ils adoroient,
» qu'à la vérité ; & pourquoi ne
» l'auroient-ils pas fait ? Puifqu'il
» eft avéré que de tous les hom-
» mes illuftres qu'ils nous font con-
» noître ; il n'en eft pas un dont ils
» n'aient ou flaté ou alteré le Por-
» trait , felon qu'ils étoient plus
» ou moins dans les intérêts de
» ceux auxquels ils facrifioient la
» vérité de l'Hiftoire.

» Quant à Lepide , je crois que
» fi l'on veut examiner les faits in-
» conteftables de fa vie, l'on fera
» obligé de convenir qu'il tenoit
» un milieu entre les grandes ver-
» tus & les grands défauts, & qu'à
» lui rendre juftice, il n'étoit ni
» digne de la fortune à laquelle il

Tome III. I fut

» fut élévé, ni de la difgrace qui
» la fuivit.

Dites-moi, je vous prie, Monfieur, où voyez-vous là des éloges
pour Lepide ? & dire qu'il tenoit
» un milieu entre les grandes ver-
» tus & les grands défauts; qu'à lui
» rendre juftice, il n'étoit digne ni
» de la fortune à laquelle il fut élé-
» vé, ni de la difgrace qui la fui-
» vit ; n'eft-ce pas le donner comme vous pour un homme médiocre
à tous égards ? & y avoit-il là de
quoi faire un procès à l'Abbé de
Saint-Réal ?

Paffons donc au vrai fujet de vos
chagrins, à cet illuftre du dernier
fiecle de la République Romaine, à cet homme de bien que vous
aimez

aimez tant. Paſſons à Atticus.

» Vous ne ſerez pas étonné , dit
» l'Abbé de Saint-Réal, qu'une
» amitié auſſi célebre que celle de
» Cicéron & d'Atticus n'ait pas
» été entretenue de part & d'autre
» avec toute la fidélité imagina-
» ble; vous n'en ſerez pas , conti-
» nue-t-il , étonné quand vous au-
» rez conſideré le reſte de ſa con-
» duite avec un peu plus d'atten-
» tion que vous n'avez fait juſques
» ici. Vous n'y trouverez pas
» une ſeule marque certaine de
» bonté , & l'on ne peut pas dire
» que ce ſoit le commerce du mon-
» de qui l'eût gâté , puiſqu'il étoit
» à cet égard dès ſon plus bas âge
» le même qu'il fut dans ſes der-

I 2   » nieres

» nieres années. Son Pere qu'il per-
» dit fort jeune, lui laiffa du bien
» plus que médiocrement, pour le
» tems auquel il vivoit, & pour fa
» condition ; car il n'étoit que de
» l'Ordre des Chevaliers, c'eft-à-
» dire bon Bourgeois. Dans cet
» âge où les plus timides font har-
» dis, il quitta l'Italie & fe retira à
» Athenes fous prétexte d'étude ;
» mais en effet, parcequ'on avoit
» fait mourir à Rome un Tribun
» féditieux dont le frere avoit épou-
» fé fa coufine germaine.

   » C'étoit, comme vous voyez ;
» prévenir l'orage de loin, & l'on
» ne pouvoit pas être né avec de
» plus belles difpofitions pour de-
» venir comme il fut dans la fuite,

                     » un

» un parfait Épicurien. Je ne pré-
» tends pas calomnier cette fecte,
» j'en fai comme vous les vérita-
» bles fentimens; cependant il faut
» avoüer que c'eft une étrange ef-
» pece de fageffe que de voir fa
» Patrie à la veille d'une défolation
» totale fans s'y intéreffer en aucu-
» ne maniere; quand on a des ta-
» lens extraordinaires pour la fer-
» vir, & de laiffer tout bouleverfer
» fans deffus-deffous plutôt que de
» s'expofer au moindre danger.
» Vous avez, fans doute, oüi par-
» ler de cette loi de Solon qui dé-
» claroit infâmes ceux qui ne pre-
» noient point de parti dans une fé-
» dition publique; mais cette ma-
» tiere nous égareroit trop; vous

I 3   re-

» remarquerez feulement que ce
» même efprit d'indifférence pro-
» fonde, pour ne pas dire infenfibi-
» lité, qu'il eut toute la vie pour ce
» qui ne le regardoit pas perfonnel-
» lement , fut la véritable caufe de
» fa profpérité continuelle, & c'eft
» cette profpérité qui le fait prin-
» cipalement admirer ; mais il eft
» bien facile d'être heureux, quand
» on eft né avec beaucoup de bien,
» d'efprit , & de fanté , & qu'on ne
» fe foucie de perfonne.

Il eft dans l'ordre , Monfieur ,
qu'attaché comme vous l'êtes à
Atticus , ces paroles vous aient un
peu bleffé , & je conçois que vous
avez une efpece de droit de vous
plaindre ; car direz-vous , que de-
vien-

viendront les réputations les mieux
établies ? je n'en fai rien , Monfieur ; tout ce que je puis vous dire,
c'eft qu'il a été de tout tems permis de les contefter , & pour vous
juftifier à vous-même le droit qu'on
en a ; prénez la peine d'examiner
comment prefqu'en tout tems &
en tout pais fe forment les réputations ; je parle des plus brillantes ;
car ce ne font pas celles qui font
ordinairement les moins équivo-
ques.

Qu'on ait un peu de fineffe dans
l'efprit, de la foupleffe dans le caractere, de l'agrément dans les manieres, qu'on s'aime beaucoup, &
qu'en conféquence on n'aime perfonne, que pour fe faire refpecter

I 4   des

des petits , on se mette dans une
espece de familiarité avec les
grands ; qu'on intéresse les uns &
les autres à sa réputation, le Public qui voit un homme respecté
de tous les côtés , tombe en admiration ; & n'allez pas croire que les
gens habiles , que les Connoif-
seurs aillent détromper la multitude q 'il aura séduite. Ces Connoisseurs , s'ils ne lui voient pas un
mérite propre à les allarmer , se
ligueront aussi-tôt avec lui , iront
par tout prôner son mérite , sûrs
que par reconnoissance ou du moins
par crainte il leur rendra la pareille. Que si parmi ces Connoisseurs ,
il en est à qui la voix de l'honneur
& de la probité se fasse encore en-
                              ten-

tendre , n'attendez rien de leur courage. Il n'y a pour eux qu'un parti à prendre , celui du ſilence ; ſilence , qui , regardé comme un aveu tacite du mérite du ſéducteur , le mettra aux droits de la conſidération la plus brillante , & l'élévera à la gloire & la plus méritée , & la mieux acquiſe. —

Voilà, Monſieur, comment ſe forment les réputations ; jugez combien il étoit aiſé à Atticus de faire la ſienne ; il avoit de l'eſprit , de l'agrément dans le caractere , un charme inexprimable dans les manieres, de l'habileté dans la conduite. A l'art de dépenſer de grandes richeſſes & de les dépenſer pour le ſervice de ſa réputation,

tion, il joignoit celui de les aug-
menter; ajoûtez que tous les Grands
qui formoient à Rome différents
partis se le disputoient, & que sem-
blable à une Coquette, Atticus
avoit l'habileté de se faire chercher
toûjours, & ne se donnoit jamais.
N'en voilà-t-il pas de reste pour
lui avoir formé cette réputation
qu'on ne sauroit nier qu'il méritât
à bien des égards ? Quant à cette
grande probité qui vous a si fort
attaché à lui, permettez-moi de
vous dire qu'elle n'est pas bien
prouvée, & c'est ici le lieu de vous
parler de sa brouillerie avec Lucceius.

Lucceius étoit un homme d'un
grand mérite, illustre par son éru-
dition,

dition, assez distingué par sa naif-
sance, & tellement fait pour aller
aux grands emplois, que sans avoir
aucun des vices qui y menoient
alors, il pensa être Consul avec
César, ami de peu de gens, parceque peu de gens étoient dignes
d'avoir un ami tel que lui : il passa
une partie considérable de sa vie à
écrire l'histoire de son tems, & l'on
peut juger de la maniere dont il
pouvoit l'écrire par l'ardeur qu'a-
voit Cicéron de voir celle de son
Consulat écrite de la façon de ce
Grand Homme.

Quant aux mœurs, jamais Ro-
main dans le plus beau tems de la
République ne les a eues plus pures:
c'étoit, pour ainsi dire, Caton lui-
même;

même ; mais à en juger par les Lettres qui nous reſtent de lui, Caton
ſans humeur, Caton aimable, &
qui méritoit mieux que perſonne
cette belle loüange qu'on a donnée
à Caton ; *il aimoit mieux*, dit Sa-
luſte, *être honnête homme que de le
paroître.* * A vous dire le vrai, il ſeroit

---

* Il étoit dans l'ordre que M. Crevier,
qui n'a jamais pû pardonner à Lucceius
de s'être brouillé avec Atticus, n'en
parlât pas auſſi avantageuſement que
moi. Auſſi ne l'épargne-t'il pas dans ſon
Hiſtoire Romaine, tom. 12. page 94.
On ne ſait guere, dit-il, *touchant Lucceius, que ce que nous apprennent les
Lettres de Cicéron.* De-là, entrant
dans le Conſulat de Céſar que brigua
avec

roit affez difficile d'en dire autant d'Atticus , du moins fa brouillerie

avec

---

avec lui Lucceius, M. Crevier ajoûte , *pour ce qui eft du caractere de Lucceius ; fi nous en jugeons par la conduite que nous allons lui voir tenir ; il paroît qu'il n'a-voit ni des vûes bien droites, ni une grande fupériorité de génie en matiere d'affaires.* Il n'eft pas facile de deviner où M. Crevier a pris une fi mauvaife opinion de Lucceius ; feroit-ce dans fa liaifon avec Céfar ? Mais avec fa permiffion , il fal-loit que cette liaifon fût dans fon origine bien peu de chofe, & que dans la fuite elle ait été bien mal entretenue , puif-qu'il ne fut point employé dans la guerre civile comme tous les autres amis de Céfar : feroit-ce dans les Lettres de Cicéron ? tout y retentit des loüanges de Lucceius ; dans une entr'autres qu'il

écrit

avec Lucceius ne nous donne pas
une grande idée de la netteté de
ſes

écrit à Atticus ſur ſa brouillerie avec
Lucceius ; il traite le même Lucceius du
meilleur de ſes amis & du plus honnête
homme du monde. Que ſi les Lettres
de Cicéron ne ſuffiſent pas à M. Crevier, qu'il reliſe l'Oraiſon *Pro Cœlio*, il
y verra le ſavoir de Lucceius exalté ; il
y verra l'innocence de ſes mœurs, ſon
intégrité, ſa bonté vantée dans une ac-
tion célebre, & vantée avec une hauteur qui ne lui permettra pas d'en douter. Quant à ſon peu de ſupériorité de génie en matiere d'affaires, M. Crevier n'y
penſe pas ; qui écrit l'Hiſtoire de ſon
tems de maniere à donner tant d'envie
à Cicéron de voir ſon talent employé à
écrire celle de ſon Conſulat, devoit, ce
me ſemble, ſe connoître un peu en affaires

fes procédés ; car enfin vous avez
beau vous le diffimuler , Atticus
avoit manqué à Lucceius, lui avoit
donné réellement fujet de fe plaindre de lui. Cela fe voit par les dé-
marches que fait Atticus pour fe
reconcilier.

» Vous dites à cela que l'ardeur
» d'Atticus à faire fa paix ne don-
» ne point de prife fur lui, qu'on
» fait

faires & n'eût pas été mal adroit s'il avoit
voulu. En voilà de refte pour rétablir
l'honneur de Lucceius, & n'eft-il pas
fingulier que je trouve de quoi le juftifier dans Cicéron, c'eft-à-dire, dans le
feul endroit où M. Crevier nous apprend
que nous pouvons en avoir des nouvelles ?

» fait que dans les démêlés qui
» naiſſent entre les hommes , ce
» ſont ceux qui ont la raiſon de
» leur côté , qui ſe montrent les
» plus traitables , & qui ſont les
» premiers pas d'autant plus volon-
» tiers que pénétrés de leur bon
» droit , ils n'appréhendent point
» que cette démarche puiſſe être
» regardée comme l'aveu d'une fau-
» te qu'ils n'ont point commiſe.

Je n'ai garde , Monſieur , de
vous diſputer votre maxime , elle
eſt fine , vraie à quelques égards,
préſentée d'une maniere admirable , & je lui vois toute la ſéduction que vous lui pouvez deſirer ;
mais permettez-moi de vous dire
qu'elle n'eſt point applicable au
cas préſent.   Suivez

Suivez l'hiftoire de la brouillerie ; voyez l'ardeur d'Atticus à fe
raccommoder ; la vivacité avec laquelle il engage Cicéron à y travailler, tout ce que Cicéron fait
inutilement d'efforts pour y réuffir,
tout cela entre nous ne fait pas
honneur à Atticus & je ne fai comment vous avez pû réuffir à ne le
pas trouver coupable. Commençons par la premiere Lettre où il
eft fait mention de la brouillerie;&
»premierement,* je vous promets,
» dit

---

* » Primum tibi de noftro amico pla-
» cando, aut etiam plane reftituendo
» polliceor. Quod ego eft fi mea fponte
» ante faciebam, eo nunc tamen, & a-

Tome III. K gam

» dit Cicéron à Atticus d'appaiſer
» notre ami & de le regagner tout-
» à-fait. J'y travaillois déjà de mon
» mouvement ; mais maintenant
» qu'il me ſemble voir dans votre
» Lettre que vous le ſouhaitez a-
» vec ardeur ; je m'y appliquerai
» avec plus de ſoin & je le preſſe-
» rai plus fortement que je ne le
» faiſois ; mais je ſuis bien-aiſe de
» vous dire qu'il eſt aigri & outré
» au dernier point. *Hoc te intellige-*
re volo pergraviter illum eſſe offenſum.
Cela eſt net, Monſieur, Lucceius
de

» gam ſtudioſiùs & contendam ab illo
» vehementiùs quòd tantùm ex Epiſto-
« là voluntatem ejus rei tuam perſpicere
» videor. *Cic. Epiſt. ad Atticum.*

de l'aveu de Cicéron se croyoit offensé, & sur l'idée que nous nous
formons de Lucceius, il y a en vérité à parier qu'il avoit droit de
l'être.

Passons maintenant à ce que vous
regardez comme le nœud de la
difficulté, à ce fameux passage que
par égard pour Atticus, il vous
plaît d'interpréter autrement que
l'Abbé de Saint-Réal. Cicéron,
comme vous venez de le voir,
s'étoit, pour ainsi dire, engagé
dans la Lettre précédente à raccommoder Atticus avec Lucceius.
Le voilà dans la Lettre qui suit
qui en désespere. Après * avoir
» fait,

_____

* » Sed cùm omnia fecissem, non modo
K 2   » eam

» fait, dit-il, tous les efforts, bien
» loin de vous remettre dans l'es-
» prit

« eam voluntatem ejus quâ fuerat erga
» te recuperare non potui, verùm ne
» causam quidem illicere immutate vo-
» luntatis. Tametsi jactat ille quidem
» suum arbitrium, & ea quæ jam tum
» cum aderas offendere ejus animum in-
» telligebam, tamen habet quiddam pro-
» fecto quod magis in animo ejus inse-
« derit, quod neque Epistolæ tuæ, ne-
» que nostra allegatio tam potest facile
» delere, quam tu præsens non modo
» oratione, sed tuo vultu illo familiari
» tolles, si modo tanti putabis, id quod
» si me audies, & humanitati constare
» voles certe putabis. Ac ne illud mirere
» cur cum ego antea significarem tibi
» per litteras me sperare illum in nostrâ
» po-

» prit de Lucceius comme vous y
» étiez ; je n'ai pas pû feulement
» tirer de lui la caufe de fon chan-
» gement ; car quoiqu'il dife de
» votre arbitrage & des autres
» chofes dont je connoiffois déjà
» qu'il étoit offenfé avant votre
» départ ; il y en a quelqu'autre qui
» lui tient plus au cœur que tout
» cela, & que ni vos Lettres ni
» mon entremife ne fauroient fi
» bien effacer que vous - même,

lorf-

» poteftate fore, nunc idem videor dif-
» fidere : incredibile eft quanto mihi
» videatur obftinator , & in hac iracun-
» diâ obfirmatior. *Sed hæc aut fanabun-*
tur cùm veneris , aut ei molefta erunt in
utro culpa erit. Cic. Epift. ad Atticum.

» lorfque vous ferez ici , non feule-
» ment quand vous lui parlerez ;
» mais même quand vous ne feriez
» que vous montrer , cela s'entend
» fi vous jugez qu'il en vaille la
» peine , comme vous le jugerez
» fi vous m'en croyez , & fi vous
» ne voulez pas démentir votre
» honnêteté ordinaire , & ne vous
» étonnez pas que je n'ofe plus
» vous promettre rien de lui après
» vous avoir dit dans ma précé-
» dente que je m'en faifois fort ;
» vous ne fauriez croire combien il
» me paroît plus aliéné que devant
» & plus obftiné dans fa colère ;
*Mais , ou vous accommoderez tout cela
quand vous ferez ici , ou il s'en trouvera mal , qui qui aie tort de vous
ou de lui.* Voilà ,

Voilà, Monsieur, la maniere dont l'Abbé de Saint-Réal inter-préte le passage en question ; maniere qui suit naturellement de tout ce que vient de dire Cicéron. Votre respect pour la probité d'Atti-cus vous en fait prendre une autre; & vous nous dites que l'Abbé de Saint-Réal, ou moins de mauvaise humeur ou plus attentif, auroit trouvé sans peine que le vrai sens de ces paroles est ceci : *Ou vous ac-commôderez tout cela quand vous serez ici, ou celui qui des deux se trouvera en faute en aura du désagrément.*

Je vous avoue, Monsieur, que malgré la supériorité que vous a-vez sur moi à tous égards, & spé-cialement à l'égard de l'intelligen-ce ce de la Langue Latine ; il ne m'a pas été possible de me rendre à votre interprétation. Voici, si vous voulez les savoir, les raisons de ma résistance.

» Il n'est pas question, dit Ci-
» céron à Atticus, de votre arbi-
» trage & des choses dont je con-
» noissois déjà que Lucceius étoit
» offensé ; il y a quelqu'autre cho-
» se qui lui tient plus au cœur, &
» que vos Lettres, ni mon entre-
» mise ne sauroient si bien effacer
» que vous ferez ici , non-seule-
» ment quand vous lui parlerez ;
» mais même quand vous ne feriez
» que vous montrer.

En vérité , Monsieur , dire à Atticus qu'il n'a qu'à se montrer
pour

pour faire revenir Lucceius, compter à ce point fur le charme de fes manieres, eft-ce bien compter fur la validité de fes moyens de juftification, & ce tour-là feul de Cicéron, fi vous étiez moins prévenu pour Atticus, ne le déclareroit-il pas coupable à vos yeux ? Mais il y a quelque chofe de plus f rt contre vous au commencement de la Lettre que je vous ai citée.

» Après avoir fait tous m s efforts, » dit Cicéron à Atticus, bien loin » de vous remettre dans l'efprit de » Lucceius comme vous y étiez, » je n'ai pas pû feulement tirer de » lui la caufe de fon changement ; » car quoi qu'il dife de votre arbi-» trage & des autres chofes dont je

Tome III. L con-

» connoissois déjà qu'il étoit offen-
» sé avant votre départ, il y en a
» quelqu'autre qui lui tient plus au
» cœur que tout cela, & que ni vos
» Lettres ni mon entremise ne sau-
» roient si bien effacer que vous-
» même «. De ce que je vous viens
de citer de la Lettre de Cicéron,
il résulte, Monsieur, deux choses.
La premiere, qu'outre un certain
arbitrage dont il est question dans
la Lettre, Lucceius avoit des sujets, & des sujets considérables de
se plaindre d'Atticus. La seconde,
que de la maniere dont Cicéron
parle, il n'est pas possible qu'il ait
dit ce que vous lui faites dire par
votre interprétation; car voici comme je raisonne : si Cicéron, presque beau-frere de l'un ; ami intime

de

de l'autre, n'a pû avec toute l'a-
dreſſe que vous lui connoiſſez tirer
d'aucun des deux, le ſujet de la
brouillerie, qui le ſaura? Ne voyez-
vous pas que c'eſt un ſecret qui eſt
fait pour être éternellement ignoré? Et ſur ce pié-là, comment oſez-
vous faire dire à Cicéron dans la
Lettre qu'il écrit à Atticus, *que
lui Atticus, raccommodera tout cela
quand il ſera venu, ou que celui des
deux qui aura tort en aura du déſa-
grément?* En vérité, Monſieur, c'eſt
avoir trop mauvaiſe opinion de Ci-
ceron: &, avec votre permiſſion,
nous le croirons plus raiſonnable
que vous ne l'avez fait.

Mais je veux achever votre défai-
te, compléter mon triomphe, vous
forcer dans le terrain de l'interpré-

L 2   tation

tation Textuelle & Grammaticale.
'Aussi-bien , est-ce-là que vous dé-
fiez tout le monde au combat , &
voici ce qui vous assûre de la victoire. » L'intelligence Grammati-
» cale des mots est , dites-vous , le
» fondement & la base de tout ce
» qu'on peut bâtir sur un Texte.
» Le pays du raisonnement est im-
» mense , & n'a aucunes bornes
» certaines , la force des mots est
» déterminée & précise. Ce sont
» les Pieces du Procès dont il ne
» faut point écarter sa vûe.

» Cette sévérité , continuez-
» vous , est surtout nécessaire par
» rapport à une Langue morte que
» nous ne savons qu'imparfaitement
» & où par conséquent la Grammai-
» re doit nous régenter , si nous ne
» voulons

» voulons faire de tous les Textes
» anciens des nés de cire que nous
» tournions à notre gré.

Permettez-moi ici, Monsieur,
quelques réflexions : tout ce que
vous dites a trop d'autorité pour
que je ne cherche pas à le combattre dès que je verrai la moindre
apparence, ou que vous vous ferez mépris, ou que la proposition
que vous aurez établie n'étant vraie
que d'un côté & à quelques égards;
il y aura du danger qu'on ne lui
donne une étendue que vous feriez fâché qu'on lui donnât. *Le
pays du raisonnement est immense*,
cela est certain ; *La force des mots*,
continuez-vous, *est déterminée &
précise.* C'est-là qu'il faut qu'on
vous arrête, & si je ne vous nie

pas

pas pleinement votre propofition ; vous allez fentir vous-même l'importance de la diftinguer, & la néceffité d'y mettre des reftrictions. *La force des mots eft déterminée & précife :* Vous avez apparemment voulu dire dans une Langue vivante, encore, cela ne feroit-il vrai que jufqu'à un certain point, & par rapport à un très-petit nombre de mots, dont heureufement pour nous la fignification eft tellement déterminée, qu'il n'y a pas moyen de s'y méprendre. A l'égard des langues mortes, je vous demande la permiffion de vous dire que cela n'eft pas vrai. Efpérez-vous en bonne-foi que les termes & les tours que nous employons aujourd'hui, d'hui, la Langue Françoise une fois morte, auront pour la postérité une détermination bien précise ? Combien de licences ne prenons-nous pas tous les jours dans nos conversations ? combien n'en prenons-nous pas dans nos Lettres ? Combien de manieres abrégées de nous exprimer ? Combien sûrs comme nous sommes d'être entendus à demi mot, ne supprimons - nous pas de termes ? Combien d'expressions, qui dans le style simple & familier réveillent une autre idée que dans le style haut ? Combien d'idées accessoires, qui, attachées à nos termes, modifient, alterent, changent même absolument le sens naturel de nos pensées ; tout cela

L 4   ne

ne mettra-t-il pas en défaut ceux
de nos neveux qui aimeront mieux
croire qu'un homme d'esprit ne
fait ce qu'il dit, manque de sens,
est contraire à lui-même, que de
soupçonner qu'il y a quelque chose
ou dans les termes, ou dans les
tours, qui, clair pour les contem-
porains, a cessé de l'être pour ceux
qui étoient destinés à venir après
eux ?

Encore une fois, je vous demande s'il n'est pas plus raisonnable en pareil cas de faire quadrer
un homme d'esprit avec lui-même, que de s'en tenir opiniâtré-
ment à l'explication Textuelle &
Grammaticale, espèce de chaîne, qui dans une Langue morte

te doit être très-lâche & qu'a droit
de rompre impunément un homme
raisonnable toutes les fois que le
cas le requiert ? D'ailleurs, Monsieur, est-il réellement bien décidé
que la Grammaire soit si fort contre
nous ? Vous alléguez l'autorité de
M. Rollin & de M. Coffin. On ne
sauroit assûrément en apporter de
plus puissantes. Mais, Monsieur le
Chevalier P.... & moi, n'avons-
nous pas pour nous l'Abbé de
Saint-Réal? n'avons-nous pas l'Abbé de Mongaud ? Voulez - vous
une autre autorité ? Un Savant de
Hollande, qui, contre la coûtume
des Savans, est homme d'esprit, interprete le passage à notre maniere;

re; * il fait vraiment bien pis:après avoir dit tout net qu'Atticus manquoit abſolument de probité, il ſoûtient que Cicéron n'en avoit pas trop. Je vous avoue, Monſieur, que j'ai été bien piqué ; car chacun a ſon Héros, & Cicéron eſt le mien ; ce n'eſt pas que mon deſſein ſoit de vous donner Cicéron pour le plus honnête homme du monde; j'ai vû une Lettre qu'il écrivit à Céſar après la bataille de Pharſale, qui, charmante par la délicateſſe des tours

---

* Diſſertation ſur le caractere de trois célebres Romains ; Cicéron, Atticus, Lucceius. Journal Littéraire, Septembre, Octobre 1714. art. 9. pag. 129.

tours, m'a un peu déplû par sa baf-
fesse. On dit encore qu'il emprun-
ta de l'argent d'un Accusé, &
que pour aggraver le mal, il le nia.
Nous lisons dans ses Lettres ; car
il a eu la bonne foi de le dire lui-
même, qu'il avoit eu la foiblesse de
se préter plus d'une fois aux cir-
constances ; mais que voulez-vous?
Hors Caton & Brutus, qui est-ce
qui a de ces vertus robustes, de ces
vertus qui ne fléchissent jamais ? &
ne voyez-vous pas que foible comme étoit Cicéron, il ne lui étoit
pas donné d'atteindre si haut ?

C'est assez vous parler de Cicéron & d'Atticus : parlons un peu
de l'Abbé de Saint-Réal : un de vos
grands griefs contre lui , qui est
même

même exprimé avec affez d'amer-
tume , le voici. » Après s'être mis
» dans l'embarras par une accufa-
» tion contre Atticus , l'Abbé de
» Saint-Réal , dites-vous , ne s'en
» tire que par une de fes réfle-
» xions creufes & fombres , dont il
» avoit un fond inépuifable. C'eft
» une chofe curieufe , vous écriez-
» vous , de voir quelle dépenfe
» d'efprit il fait , quelle profondeur
» de réflexions il employe , com-
» bien il fouille dans le cœur d'At-
» ticus pour trouver dans une con-
» duite fi innocente & même fi loüa-
» ble des foupçons, des ombres, des
» lueurs qui puiffent y donner de
» mauvais tours. Vaines & odieu-
» fes fubtilités que j'aime mieux
                    » attri-

» attribuer à l'envie de se distin-
» guer par une opinion singuliere,
» qu'à une secrette malignité.

N'eût-il pas été à propos, Monsieur, d'entrer ici dans un petit
détail, de nous dire quelque chose
qui pût nous conduire à ce que
vous entendez par des idées sombres ? Permettez-moi donc de donner ici un peu de cette lumiere que
vous savez si bien répandre. On
peut traiter si l'on veut de sombres
& de creuses, des idées, qui forgées
par des imaginations échauffées &
noires, n'ont de réalité que dans
le cerveau de ceux qui les débi-
tent, & il n'y a pas d'apparence
que vous accusiez l'Abbé de Saint-
Réal d'en avoir eu de pareilles.

Que

Que ſi par idées ſombres & creu‑
ſes, vous entendez des idées, qui
dangereuſes à manier par leur fi‑
neſſe, difficiles à ſaiſir par leur
hauteur, & qui, ſuppoſant une
grande ſupériorité dans l'eſprit,
ne ſont attrapées que par les eſ‑
prits du premier ordre; je vous
avouerai volontiers qu'il y a beau‑
coup de celles‑là dans tout ce que
nous a donné l'Abbé de Saint‑
Réal; mais pouvois‑je me douter
que vous lui feriez un crime d'un
talent qu'il partage avec vous, &
qui vous fait à l'un & à l'autre
tant d'honneur.

A l'égard du petit morceau d'é‑
loquence qui ſuit l'accuſation des
idées ſombres, le beau ſeu qui
vous

vous eſt naturel, y eſt tellement al-
lumé par votre goût pour Atticus,
qu'il ne ſeroit pas ſage à moi de
vous combattre avec les mêmes
armes.

Paſſons donc au plus vîte à un
chef d'accuſation, que vû ſon importance, je ne devois pas oublier.
Si votre objet, dites-vous au commencement de votre Lettre à Meſſieurs les *Obſervateurs*, avoit été de
» vous étendre ſur le chapitre de
» l'Abbé de Saint - Réal ; je ne
» doute pas que vous n'euſſiez a-
» jouté qu'en fait d'hiſtoire, il a un
» goût décidé pour le Paradoxe.

Qu'entendez - vous, Monſieur ,
par ce goût décidé pour le Paradoxe ? Voulez-vous dire, que mé-
content

content de la maniere dont les Hiſ-
toriens ont coûtume de traiter
l'Hiſtoire , l'Abbé de Saint - Réal
a pris le parti de la traiter à la ſienne ? Eh quoi, euſſiez-vous voulu ,
qu'effrayé comme ſes Confreres
du travail de l'examen , il nous
eût peint ſes Héros d'après l'opinion qu'ils ont laiſſée d'eux , opinion toûjours ſuſpecte , fille ordinairement de leur adreſſe , traînant
après ſoi le menſonge , & qui
n'ayant de titres que pour la multitude , eſt rarement légitimée aux
yeux des gens raiſonnables ? Falloit-il pour nous plaire qu'il adou-
cît leurs fautes , qu'il fardât leurs
vertus , qu'il déguiſât leurs vices ,
qu'il nous donnât de beaux phan-
tômes

tômes à confidérer? Ce n'eft pas-là,
Monfieur, la maniere dont traitoit
l'Hiftoire l'Abbé de Saint-Réal ;
il la regardoit, (& avons-nous vous
& moi une autre façon de la regarder ?) il regardoit l'Hiftoire
comme une efpece de Philofophie,
comme une maniere de Cours de
Morale. Or pour nous la donner
telle, n'étoit-ce pas pour lui une
néceffité de foüiller dans les motifs ? & quand ces motifs ne fe-
roient pas toûjours ceux des per-
fonnages , quand l'Hiftorien les
leur auroit quelquefois un peu pré-
tés, quand par exemple le caractere
d'Atticus , ce qu'avec votre permiffion , je ne fuppofe pas, auroit
été un peu noirci ; feroit-ce un fi

Tome III. M grand

grand malheur ? Et la perte que feroit votre Héros feroit-elle comparable à l'inftruction , difons encore au plaifir qui nous en revien-
droit ; car fachez, Monfieur, qu'a-
vec un autre que vous , je mettrois
encore en ligne de compte un certain agrément qui ne laiffe pas d'a-
voir fon prix pour nous autres
Lecteurs , qui las d'être trop
long-tems dans l'admiration, ne
fommes quelquefois pastrop fâchés
que pour nous confoler on nous
dégrade un peu ce qui nous humi-
lie ; mais je fai combien vous haïf-
fez de pareils moyens de plaire.Eh,
après tout, qu'en avez-vous à faire ? Le beau talent que vous
avez de compter & de peindre , le

fage

sage & noble éclat de votre imagination, les belles & magnifiques
ressources que vous avez dans l'esprit, vous ont jusqu'ici suffi, &
vous n'avez pas encore été obligé
pour nous plaire, à rien prendre sur
votre maniere benigne de penser
des hommes. Peut-être aussi avez-
vous fait attention que ces idées
que vous appellez sombres dans
l'Abbé de Saint-Réal, ces recherches subtiles dans les motifs auroient été déplacées dans un corps
d'histoire tel que celui que vous
nous donnez ; mais prenez garde
que votre retenue à cet égard qui
fait votre éloge, ne condamne point
l'Abbé de Saint-Réal, ses devoirs
n'étoient pas les vôtres, il ne nous

M 2   a

a donné que des histoires particulieres, & c'est-là qu'on a spécialement le droit d'être Philosophe, c'est-là que sourd au vain bruit de la renommée, il convient de chercher le Héros dans lui-même. C'est-là que prenant dans le vif les hommes qu'on a à peindre; on doit les considérer dans ces petites choses, où n'y ayant pas de nécessité pour eux à se masquer, ils n'ont pas pris garde à eux, & ont pour ainsi dire consenti à se laisser connoître. C'est dans les endroits les moins remarquables de leur vie, c'est dans des Mémoires particuliers, dans des Pieces secrettes qu'on les voit réellement tels qu'ils

ont

ont été ; car il ne faut point le diffimuler , ce n'eſt que de-là que ſor-
tira jamais cette petite portion de
vrai qu'il nous eſt permis d'eſpérer
dans l'Hiſtoire. Où en euſſions-
nous été , je vous prie , ſi Céſar
avoit perdu la bataille de Pharſale,
& que les Lettres de Cicéron ne
fuſſent pas venues juſqu'à nous ?
Aurions-nous jamais deviné que
le Deſtructeur de l'Aſie , cet homme qui ſe vantoit en frappant du
pié , de faire ſortir des hommes
de la terre ; le Grand Pompée pour
tout dire , ſon mérite militaire à
part , étoit un homme aſſez médiocre ; car vous ſavez auſſi-bien
que moi le mépris qu'avoient pour
lui

lui Cicéron, * Atticus, ** Cœlius, tous gens qui le voioient de
près

---

* » Is de quo scribis nihil haberma-
» plum, nihil excelsum, nihil non sub-
» missum atque populare.L'homme dont
vous me parliez, n'a rien de noble, rien
d'élevé, rien que de bas & de vulgaire :
on remarquera que c'est de Pompée que
Cicéron parle.

** Voici comment parle Cœlius.

» Ecquando tu hominem ineptiorem
» quam tuum Eneium Pompeium vi-
» disti qui tantas turbas, qui tam nugax
» esset commorit ? Ecquem autem Cæ-
« sare nostro acriorem in rebus geren-
» dis, eodem in victoriâ temperatio-
» rem, aut legisti aut audisti. Avez-
vous jamais entendu parler d'un plus
impertinent homme que notre Pompée,

près & qui avoient assûrément assez d'esprit pour le connoître.

Mon dessein étoit de finir là ; mais vous n'êtes pas encore quitte de moi , & j'ai à justifier plus amplement l'Abbé de Saint-Réal.

On publia en 1741. un petit morceau, où en loüant Saint-Evremond , on lui préféra l'Abbé de Saint - Réal ; la préférence déplut aux Observateurs des Écrits modernes ; ils jurerent la perte de la répu-

---

te niais qui met la confusion & le trouble partout ? Au contraire, avez - vous jamais lû, ni oüi parler d'une activité, d'une valeur, d'une clémence pareille à celle de César ? *Lett.* 11. *de Cœlius à Cicéron.*

réputation de l'Abbé de Saint-Réal, & pour y parvenir ils tirerent à eux Bayle & Beauval, & foûtinrent hardiment que ces deux illuftres Critiques peu touchés du mérite de l'Abbé de Saint-Réal, avoient été jufqu'à dire , *que fon traité de la Critique étoit un ouvrage totalement dénué de fens commun.*

Il faut vous apprendre ce qui a fondé la méprife ; je ne veux pas dire la mauvaife foi ordinaire de ces Meffieurs. *Bayle* & *Minutoli* étoient en commerce de lettres. Le Traité fur la Critique parut. Minutoli en écrivit à Bayle, & voulut favoir ce qu'il en penfoit. Voici la réponfe de Bayle.

28.

18. *Février* 1692.

» La rigueur de l'hiver m'empê-
» che d'aller à la Haye, & empê-
» che Monſieur Beauval de venir
» ici, & d'y renvoyer des paquets,
» ſans quoi j'aurois déjà lû le traité
» de la Critique ; car tout ce qui a
» pû me tomber entre les mains de
» Monſieur de Saint-Réal, a toû-
» jours été lû avec beaucoup de
» promptitude & de joie.

B A Y L E.

Bayle reçut quelque tems après
le traité ſur la Critique : & voici
ce qu'il en écrit à Minutoli.

Autre Lettre de Bayle à Minutoli
du 30. Juin 1692.

» Depuis que je ne vous ai écrit,
» j'ai lû ce que Mr. de Beauval a
» dit du Traité de Mr. l'Abbé de
» Saint-Réal sur la Critique, &
» j'ai lû l'Ouvrage même, Mr. de
» Beauval en a parlé dans son Li-
» vre plus avantageusement que
» dans le tête à tête, il m'a dit
» que cet Ouvrage lui paroissoit la
» plus foible Piece que l'Auteur
» eût jamais produite, c'est-à-dire,
» qu'il ne répondoit pas au succès
» que les précédens Ouvrages ont
» eu avec raison. Pour moi sans vou-
» loir flater votre Ami, car je vous
» prie de ne lui rien marquer de
tout

» tout ceci; je n'ai pas été si diffi-
» cile que M. de Beauval ; j'ai trou-
» vé son Livre rempli de penfées
» fingulieres & judicieufes. Il eft
» vrai que j'ai trouvé quelques-
» unes de fes Remarques de Gram-
» maire trop rafinées & par-là ai-
» fées à refuter, & un peu trop de
» malignité pour l'Auteur qu'il
» critique.

Voilà, Monfieur, où l'on a pris
les injures dont on a chargé l'Abbé
de Saint-Réal ; c'eft dans une de
ces deux Lettres qu'on fait dire à
Beauval * *que le traité de la Criti-*
que

---

* Obfervations fur les Ecrits modernes. Tom. 25. pag. 24. Lett. 365.

que est un ouvrage totalement dénué de sens commun. Comme si à s'en rapporter à la Lettre même de Bayle, Beauval avoit voulu dire autre chose, sinon que c'étoit le moins agréable de ses Ouvrages, & par-là le moins propre à soûtenir la grande réputation qu'il s'étoit acquise. Il n'est pas difficile de rendre raison du petit mouvement d'humeur qui prit à Beauval. Les sujets qu'avoit choisi jusques-là l'Abbé de Saint-Réal, avoient été si beaux, si brillans, si magnifiques, que traités de la maniere dont il les avoit traités, Beauval dut être frappé d'admiration. Il y eut, & il n'y a point à en douter, il y eut bien loin de ce sentiment d'admid'amiration au triste & fatiguant plaisir que lui donna la lecture du Traité de la Critique. Beauval ne marcha là que dans des Landes ; ce ne font que Remarques de Grammaire, qu'observations fines à la vérité, mais seches, que traits de malignité amers pour celui à qui ils s'adressoient & assez peu piquans pour le Public, qui ne s'intéressoit guere à l'Auteur qu'on critiquoit : tout cela n'amusa pas Beauval ; l'Abbé de Saint - Réal fut jugé sur le peu de plaisir qu'on avoit eu à le lire, & ce n'étoit pas par-là qu'il falloit le juger. Pour bien juger d'un Ouvrage, il faut voir & voir nettement la portion d'agrément, la mesure des graces

N 3   qu'on

qu'on pouvoit raifonnablement en
attendre, fi l'Ouvrage n'en com-
portoit pas plus que l'Auteur lui
en a donné, fi pour le rendre agréable, il eût fallu faire perdre au
fond de fa beauté, fi la lumiere
étoit tellement néceffaire aux chofes, que l'agrément, fi petit qu'il
fût, les eût rendues moins lumi-
neufes. L'Auteur ne fauroit être
trop loüé d'avoir renoncé coura-
geufement à plaire. Encore une
fois, Monfieur, ce n'eft point dans
un morceau aride & fec, ce n'eft
point dans un Ouvrage que lui ar-
racha la colere, ce n'eft point dans
le *Traité de la Critique* que nous
devons chercher l'Abbé de Saint-
Réal. *La conjuration de Venife*, le
Cœfarien.

Cæsarien, la maniere d'étudier l'Hiſtoire; ce beau Diſcours que j'op-
poſerois, ſi je l'oſois, à tout ce
que l'antiquité a fait de plus beau ;
cette ſuperbe Harangue qu'il pro-
nonça à Chambéry ſur la Regence
de Madame Royale ; ce Mémoire,
où ſe dépouillant de ſes qualités
nerveuſes , & devenu , pour ainſi
dire , Madame de Mazarin elle-
même ; il n'eſt que ſimple , touchant, délicat, naturel : Voilà où
l'on trouvera l'Abbé de Saint-
Réal ; & quel homme, Monſieur,
ne falloit-il pas être, pour aller
ainſi à tout, pour ſe plier & ſe
plier de bonne grace à tous les
genres, pour chanter également
bien ſur tous les tons , & pour ſur

N 4   quel-

quelque matiere que ce fût, être exactement, & ce qu'il vouloit & ce qu'il devoit être.

En voilà affez & peut-être trop fur l'Abbé de Saint-Réal. Quant à Atticus, faifons la Paix, Mr. le Chevalier P..... m'a promis de venir dîner Mercredi chez moi, trouvez-vous-y, & là, comme fur les Autels, jurons tous les trois le verre à la main que nous ne nous mêlerons plus des affaires d'Atti-cus. C'étoit affurément un homme aimable, & qui fe montra habile dans des tems où il étoit important de l'être ; mais en vérité tant de fageffe, cette perféverance à fe tenir tranquile dans un tems où tout honnête homme devoit
être

être agité : ce grand art de bien vivre avec les gens de tous les partis : tout cela ne le suppose ni un bon citoyen, ni un aussi honnête homme que vous lui avez fait l'honneur de le croire ; ce qu'il y a de certain, c'est que cet homme de bien ne vous ressembloit point, & je suis sûr qu'il riroit bien de vous voir prendre si sérieusement son parti. Pour moi, Monsieur, je suis charmé de vous trouver tel que vous êtes : il est beau avec autant d'élévation, autant de supériorité dans l'esprit que vous en avez, d'être aussi bon homme, & je ne vous prie point de vous corriger. Que si le desir vous prend jamais

jamais de mieux connoître les hommes, defcendez de cette montagne, où au-deffus des vapeurs qui s'élevent de la terre, vous voyez fe former fous vos piés des paffions dont vous n'entendez que de loin les ravages. Quittez ce favant & tranquile féjour, où Protectrices du bon goût, les Mufes rendent journellement leurs Oracles : abandonnez des lieux où regne encore la paix & l'innocence, & venez, vous approchant des bords de la Seine, habiter feulement trois mois nos beaux & fuperbes cantons du Louvre & du Palais Royal : c'eft-là qu'à travers les agrémens de nos Atticus, il vous faudra aller démêler des vices

vices que vous ferez bien de commencer par foupçonner pour n'en être pas la dupe, & qui pis eft encore, peut-être la victime.

LETTRE

LETTRE PREMIERE

A MONSIEUR D...

Sur la naissance, les progrès & la décadence du Goût.

QUAND le bon goût a une fois paru, vous ne concevez pas comment il peut se perdre, & vous êtes choqué de voir des peuples éclairés devenir après un certain tems barbares. Suivez-moi, Monsieur, je vais vous rendre compte de cette espece d'irrégularité qui vous blesse. Remontons ensemble aux premiers tems de la Republique Romaine, là nous verrons

verrons le goût, pour ainsi dire, éclore, s'élever petit à petit à la perfection & de-là se précipiter, & par je ne sais quelle fatalité tomber avec assez de vitesse.

Rome, comme vous savez, étoit dans son origine une troupe de bandis, qui pour exercer impunément leurs brigandages, se fortifierent dans une masure d'où ils sortoient quelquefois pour aller voler les passans, & qui à force de vols & de courage, devinrent redoutables à leurs voisins qu'ils pillerent après s'en être fait craindre. Rome fut long-tems dans cet état de férocité, elle y étoit sous ses Rois, elle y étoit encore sous ses premiers Consuls; & cette ferocité de mœurs

mœurs étoit bien propre à faire des
Conquérans. Mais vous jugez bien
qu'elle ne l'étoit guere à donner
au goût la perfection dont il étoit
capable. Des hommes qui ne respi-
roient que le sang & le carnage,
n'avoient certainement pas de quoi
être sensibles à la délicatesse d'une
pensée. Tout l'esprit des Romains
consistoit à savoir ravager & vaincre, ou tout au plus à faire, au si-
gnal d'un combat, quelque harangue courte & vive, & surement
d'un bon ton, parce qu'elle étoit
telle que les passions la font faire.
C'étoit-là que se reduisoit le goût
de Rome, goût bon ; mais encore
informe, & qui arrêté par le besoin
de se faire un établissement, n'avoit
pu devenir meilleur.   Mais

Mais à force de vaincre, les Romains se virent insensiblement en état de perfectionner leur goût. Devenus les maîtres du monde, dont on ne songeoit presque plus à leur disputer l'Empire ; ils connurent les richesses dont ils avoient ignoré l'usage , & l'usage des richesses leur ayant fait connoître le luxe , le luxe leur rendit l'esprit délicat : ils acquirent des graces , se livrerent un peu à la paresse , & de cette paresse sortit une multitude prodigieuse de besoins qu'ils ne connoissoient pas encore. Alors , au lieu de ces toîts rustiques , dont leurs Ayeux s'étoient fait tant d'honneur , ils voulurent des lambris dorés , des Palais , des Jardins ma-

magnifiques : il fallut à leur cupidité (donnons-leur des motifs plus
nobles) il fallut à leur goût devenu
plus délicat, des tableaux, des va-
ses ciselés, des statues ; mais tout
cela ne fut point assez pour eux.
Leur curiosité n'étant que médiocrement interrompue par le bruit
de la guerre, ils sentirent qu'il y
avoit autre chose à connoître,
& poussés par l'oisiveté qui tourmente à sa façon ceux qu'elle possede, ils lûrent avec avidité les Ouvrages des Grecs. Je vous laisse à juger de l'effet que produisit sur eux
une pareille lecture, & combien, nés
comme ils étoient pour sentir le
beau, ils admirerent celui qui les
frappa chez les Grecs. Mais les
Romains

Romains n'étoient pas faits pour admirer long-tems : jaloux du beau qu'ils commençoient à fentir & à connoître, ils fe mirent au plus vîte en devoir d'égaler leurs Maîtres, allerent jufqu'à vouloir les furpaffer, donnerent effor à leur génie, en firent ufage comme eux, & enfin fous les derniers Confuls fe manifefta ce grand goût des Romains qui avoit eu le tems & les moyens de fe perfectionner. Ce fut alors qu'on vit ce beau naturel, ces graces ménagées, ce beau feu dans la Poëfie, cette éloquence nerveufe & cette foule de beautés que nous ne faurions trop admirer encore. Mais la gloire a fes bornes, & ce tems, qui, beau comme il étoit,

auroit dû, s'il eût été poffible, durer toûjours, ne dura pas. Le luxe
qui avoit aidé le goût à fe perfectionner le corrompit lui - même.
Trop d'abondance gâta les Romains, & comme il ne faut prefque rien pour d'une bonne chofe
en faire une mauvaife; leur imagination qui avoit été échauffée
par la volupté, fut amortie par
cette même volupté qui devint ex-
ceffive; & bien-tôt après, à ce beau
naturel fucceda le raffinement,
l'affeterie, le faux éclat, enfin tous
les défauts qu'entraîne avec lui un
goût général qui fe gâte en fe fub-
tilifant.

Voilà où nous en fommes, Monfieur, mais ne quittons point les
                               Romains,

Romains, & suivons-les jusques
dans leur ruine. Le luxe qui cor-
rompt les esprits ayant auparavant
corrompu les cœurs, la chute des
Romains devint inévitable ; car
tout avoit dégénéré en eux, & il
ne falloit que les attaquer pour les
vaincre. Il y avoit malheureusement pour eux au fond du Nord
des hommes à demi-sauvages, qui
trop serrés & mal à leur aise dans
leur habitation, resolurent de s'en
faire une nouvelle. Ces hommes à
qui tout ce qui s'appelle Art, étoit
pleinement inconnu, qui n'avoient
jamais entendu, ni ne se soucioient
d'entendre parler des Belles-Lettres, mais qui en récompense se
battoient à merveille, sortirent en

O 2   foule

foule de leur pays, fondirent fur les
Romains, les battirent, firent plus,
les fubjuguerent ; & Rome enfin ,
cette fiere maîtreffe de la terre ,
punie de fon luxe & de fes débau-
ches , fe vit , comme elle le méritoit , la proie des Barbares. Alors
il ne fut plus queſtion de mauvais
goût , parce qu'il n'y en eut plus
du tout. Tout fut plongé dans les
ténebres de la Barbarie , tout ref-
pira l'ignorance , état qui en vaut
bien un autre pour l'innocence des
mœurs, & qui d'ailleurs étoit néceſ-
faire à l'eſprit pour lui faire perdre
tous les mauvais goûts dont il étoit
infecté. Ainſi finit Rome & toute
fa gloire. L'Europe , qui comme preſque tout l'Univers étoit
fous

sous sa Domination, partagea
ses malheurs. Nous perdîmes en
France, qui dans ce tems-là se
nommoit les Gaules, tout ce qui
s'appelle idée de Littérature. Les
Arts même qui sont plus nécessaires que les Belles-Lettres disparu-
rent : toute la grossiereté de nos
Vainqueurs passa jusqu'à nous, &
comme le tems de notre abaisse-
ment est toûjours plus long que
celui de notre élévation, on nous
vit dans cet état honteux jusqu'au
Pontificat de Leon X. c'est-à-dire
jusqu'au Regne de François I.
Alors l'esprit purgé, & ayant pour
ainsi dire passé par l'ignorance, espece de grand remede pour lui ;
l'esprit, dis-je, entierement gueri,

fier

fier d'avoit repris fa bonté naturelle, fentant fes forces, fit lui-
même effort, & fe donna du mouvement pour fe perfectionner. Plein
d'amour pour les bonnes chofes,
on ouvrit les Livres Grecs & les
Latins : on y trouva le germe du
bon goût qu'on auroit toûjours
trouvé, mais plus lentement dans
fon cœur. Que fit-on encore ?
Pour mieux entendre ces Livres,
on étudia les Langues, & comme
nous fommes faits pour tout ou-
trer, nous les étudiâmes peut-être
avec trop d'ardeur, ardeur pourtant néceffaire, parce qu'en arrê-
tant d'un côté le progrès du goût,
elle l'affermiffoit de l'autre, & qu'il
valoit encore mieux pour nous que
les

les Scaligers & les Saumaises nous
missent en état de sentir les graces
& les beautés des anciens , que de
se laisser aller à la vanité de nous
produire les leurs. Enfin arriva le
regne de Louis XIV. où le grand
goût , qui avoit éclaté quelque
tems auparavant en Italie , parut
en France dans tout son lustre.
Vous eussiez dit , Monsieur, que
tous les Esprits s'étoient donné le
mot pour briller tous ensemble : il
sembloit que la nature, comme pour
faire plus d'honneur à ce grand
Roi, se fût fait un plaisir de produire en hommes tout ce qu'elle
avoit de plus rare ; il en vint de
tous les genres, Poëtes, Orateurs,
Historiens , Philosophes ; il nous
** vint

vint furtout en ce tems-là un homme dont nous avions grand befoin.
Ce grand homme s'appelloit Def-
cartes, & comme fi ç'avoit été fa
miffion de nous éclairer, il deffilla
nos yeux, nous fit honte du trop
de refpect que nous avions pour
Ariftote, & porta dans la Philofophie cet efprit de Géométrie, cette
méthode claire & lumineufe, cette
maniere de raifonner fi néceffaire
à la vérité, fi propre à la démêler
d'avec une efpece de faux qui lui
reffemble, & qu'on n'emploie que
trop fouvent pour nous féduire.
Heureufement pour nous de cette
méthode qui fembloit n'être faite
que pour la Philofophie, il s'en
gliffa dans les Belles-Lettres : mais
ce

ce n'en étoit, pour ainſi dire, que la fleur, & cette fleur de préciſion ſembloit être deſcendue du Ciel pour les embellir : on les vit alors avec la vivacité qu'elles avoient ordinairement, mêler une légere teinture de Philoſophie, qui abrégea les diſcours, qui les fit plus raiſonnés, qui amortit le trop de feu qui y brilloit quelquefois, qui bannit les lieux communs, qui mit un peu plus de ſuite dans les Écrits. Auſſi, quel nombre prodigieux de bons livres n'eûmes - nous point dans ce tems-là ? Quel éclat, quelle ordonnance dans nos Ouvrages ! Tout y étoit meſuré ſans être froid, & l'imagination ſembloit être devenue l'interprete de la raiſon,

Tome III. P par-

parce qu'elle ne la faifoit jamais parler qu'avec la décence & la dignité qui convenoit.

Tel fut, Monfieur, notre état de fplendeur, tels furent nos beaux jours:mais ces beaux jours comme ceux des Romains, furent bientôt paffés , & faits comme nous fommes , pouvoient - ils longtems durer ? Quand nous prenons de quelque chofe qui nous plaît, nous ne favons ce que c'eft que de le prendre avec ménagement,nous le prenons toûjours fans mefure, & c'eft ce qui nous arriva au fujet de la précifion. Une chofe encore acheva de nous perdre ; ce fut le mépris qu'on nous donna pour les Anciens,& que nous fumes
pref-

presque forcés de prendre. On nous
dit pour nous encourager à devenir
mauvais , que nous valions mieux
que ces Grands Hommes dont on
faisoit tant de bruit , que la Nature , quand elle les produisit , n'a-
voit fait que s'essayer , qu'elle n'é-
toit pas encore dans toute sa force.
Pour mieux fonder nos mépris ,
on nous dit que peu curieux du
vrai, ils s'accommodoient trop souvent du probable , que leurs idées
étoient presque toûjours noyées
dans les expressions , que nos rai-
sonnemens plus serrés & mieux dé-
duits étoient plus lumineux. Il le
faut avoüer , Monsieur , & les Anciens sont assez grands pour n'a-
voir pas besoin de nos flateries.

Pénétrés que nous aimons mieux
sentir que connoître , ces Grands
Hommes en nous éclairant vouloient aussi nous toucher , & ils le
vouloient au risque de nous éclairer moins. Mais quoi ! sommes-
nous donc tous faits pour les excès?
& parce que les Anciens ont abusé
quelquefois des graces , faut-il que
nous abusions toûjours de l'exactitude ? Il semble aujourd'hui à notre
orgueil que nous soïions des gens admirables, parce que nous avons ap-
pris à bien poser un principe. Nous
ne voyons rien au-dessus de nous,
parce que nous savons tirer une
belle chaîne de conséquence : on
diroit que nous sommes devenus
des substances pensantes, des esprits

prits purs, & que nous avons renoncé à fentir pour être déformais
mieux en état de penfer. On ne
voit plus dans nos Difcours de ces
belles figures qui enlevent l'ame,
plus de ce beau nombre qui charmoit
autrefois les Grecs & les Romains,
& qui hors nous, charme encore
tous les Peuples de la terre, plus
de ces tours vifs qui peignent &
qui infinuent la vérité, plus de ces
graces naturelles qui la rendent aimable, plus de ces expreffions de
génie qui mettent fous les yeux les
idées les plus abftraites. Nous avons
renoncé de propos délibéré au beau
feu, au beau naturel : nous immo-
lons tout à une raifon févere, &
fiers de nos facrifices, nous difons

P 3   que

que nous avons de la précision.
Non, non, Monsieur, ce n'est pas
là de la précision : donnons-lui son
vrai nom, c'est de la sécheresse;
j'appelle précision, & celle-là est
seule digne de nos recherches,
le beau mélange des qualités de
l'esprit, dont je veux qu'aucune, à
moins d'un besoin particulier, ne
domine dans un Ouvrage. Je veux
qu'un Discours ait de l'éclat, de
la netteté, de la délicatesse, de la
douceur, de la force : je veux que
ces qualités, toutes ennemies qu'elles sont, se trouvent reconciliées,
qu'elles se prêtent un secours mu-
tuel, qu'elles servent réciproque-
ment à s'embellir ; & je dis alors
qu'un Discours a de la précision ;

&

& n'allez pas me dire que toutes les matieres ne font pas fufceptibles des beautés que je demande ; je foûtiens & j'ai Cicéron * pour garant,

---

* Cicéron dit au commencement du premier Livre des Tufculanes, que fans renoncer à fon ancien métier d'Orateur ; il veut fe jetter fur des matieres de Philofophie ; après quoi il ajoûte, elles me paroiffent cent fois plus belles, plus magnifiques que celles du Bareau ; & j'ai toûjours crû que quelque fublimes que fuffent les matieres qu'on eût à traiter, la pompe & les ornemens de l'éloquence employés avec difcrétion ne pouvoient que les embellir. » Hanc » enim perfectam Philofophiam femper » judicavi quæ de maximis queftionibus » copiosè poffet ornatèque dicere.

P 4

rant, je foûtiens qu'à la réferve des
matieres de Géométrie & de Phyfi-
que, toutes font 'u plus au moins
fufceptibles des ornemens de l'éloquence. Que la Métaphyfique même dont le nom feul a quelque cho.
fe de fauvage , en a plus befoin
qu'un autre & cela juftement parce
qu'elle eft fauvage. Que la traiter
nuement & fans l'embellir, c'eft à fa
fécherefle naturelle en ajouter une
nouvelle; qu'enfin, Monfieur, nous
ne fommes point des Anges, & que
pétris de chair & de fang comme
nous fommes , nous avons droit
d'exiger qu'on donne du corps
& de la vie à des idées dont nous
ne voudrons qu'autant qu'on aura

l'art

l'art de les rapprocher de nous, &
de nous les faire paroître agréables
en nous les rendant fensibles.

LETTRE

LETTRE II.

Sur les caufes de la décadence du Goût.

VOus avez raifon, Monfieur ; j'ai été trop Hiftorien dans ma Lettre précédente , je ne fais même fi je n'ai pas été un peu Orateur ; mais je vais me corriger, être dans celle-ci un peu plus Philofophe , parcourir avec vous le chemin que fait le goût quand il s'égare , & vous donner des raifons de fa chûte un peu plus détaillées.

La Fontaine a dit quelque part,

en

en parlant de la Volupté, de la Gloire, & du doux bruit que les loüanges faisoient à nos oreilles.

Si nous ne nous sentions chatouillés de ce son ;
Ferions-nous un mot de Chanson ?

Il est certain que paresseux comme nous le sommes, nous nous donnerions peu de mouvemens sans cette gloire : c'est elle qui nous éveille, qui nous encourage, qui donne à notre ame ce ressort nécessaire pour opérer de belles choses ; & pour en venir au fait dont il s'agit, ce fut sans doute cet amour pour la Gloire, qui, après avoir animé les Grands-Hommes du siecle passé, les mit en état d'égaler les Grecs & les Latins. Mais le le croiriez-vous , ce même amour pour la gloire nous a perdus. Le parfait a un point fixe , en-deçà ou en-delà on n'y est plus. Ces Grands Hommes du siecle passé , les Corneilles , les Molieres , les La Fontaines , &c. avoient attrapé ce point de perfection , & une seule chose raisonnable restoit à faire à leurs Successeurs , c'étoit de les imiter & de tâcher de les égaler : mais l'opération étoit difficile. D'ailleurs, quand ils auroient réussi dans une entreprise aussi délicate , il y avoit toûjours à perdre pour eux : le mérite de la nouveauté leur manquoit, il falloit nécessairement qu'il leur en coutât pour être venus trop tard, & il ne restoit à

leur

leur vanité qu'un parti à prendre.
Ils l'ont pris, Monsieur : attentifs
à n'avoir rien de commun avec
ceux qui les avoient précédés, ils
se sont fait une route nouvelle à la
Gloire : ils se sont écartés du chemin qu'avoient pris leurs Prédé-
cesseurs, & c'est cet écart auquel
nous ne nous sommes point oppo-
sés, que nous avons même été
assez sots d'admirer, qui a produit
l'extinction du bon goût & la perte du beau naturel. Vous vous étonnez de ce qu'on a tant de facilité à
nous séduire : je vois bien que vous
ne nous connoissez pas ; le nouveau, quand il n'est pas totalement
ridicule, nous enchante, nous sé-
duit si bien par ses charmes, fasci-
ne

ne notre jugement à tel point, qu'ébloüis par son éclat, nous ne voyons point ce qu'il a de vicieux, pourvû qu'il soit couvert par quelque chose d'agréable. Car, après tout il y a une justice à nous rendre, c'est le bon côté qui est joint au Nouveau, qui nous accoûtume insensiblement au mauvais. Si Séneque avoit été un homme médiocre, il n'eût pas corrompu l'Éloquence Romaine, on auroit tout d'un coup senti ce qu'il avoit de défectueux : mais malheureusement Séneque étoit homme de beaucoup d'esprit, il avoit des qualités brillantes, qui étoient, à la vérité, gâtées par des défauts ; mais ces défauts, au dire même de

ses

ses ennemis, étoient aimables.
D'ailleurs le moyen de ne pas admirer Séneque ! On vit tout-à-
coup dans son style une espece de
simétrie, qui outre le mérite particulier qu'elle a quand on n'en abu-
se pas, étoit pour lors accompa-
gnée des graces de la nouveauté.
A tout cela Séneque joignoit une
imagination vive, hardie, belle,
& le talent malheureux, mais nouveau, d'exprimer tout en Senten-
ces, en Maximes courtes ; ce qui
produisit, à la vérité, un style ha-
ché & sans douceur ; mais plein
d'éclat, & fait pour éblouïr des
gens qui commençoient à avoir
envie d'être éblouïs.

Ainsi dégénérerent ces graces
fieres

fieres & modeftes , ainfi périt·cette
belle & majeftueufe fimplicité de
Cicéron ; ·& il falloit bien après
tout que l'Éloquence éprouvât le
fort de la Poëfie , dont la beauté
avoit déjà été altérée par un autre
homme de beaucoup d'efprit , &
qui ne paroiffoit pas deftiné à défigurer un fi bel Art ; jamais tant
de talens ne s'étoient trouvés en-
femble. Y avoit-il du majeftueux,
du terrible à peindre ? Ovide le
peignoit avec une force admirable.
Falloit-il du terrible paffer au tendre ? au voluptueux ? C'étoit - là
que triomphoit Ovide. Quoique
mâle & nerveux , il étoit délicat ;
on pouvoit dire qu'il étoit tout :
mais il n'étoit pas toûjours ce qu'il
falloit. L'abondance des tours lui
per-

permettoit rarement de s'en tenir aux plus vifs ; il ne vouloit rien perdre, les mettoit tous, & ce qui fait son grand défaut, il avoit presque toûjours de l'esprit. Il ne savoit pas apparemment, ou il ne vouloit pas savoir que ce n'est pas assez, pour faire de belles choses, que d'avoir de l'esprit ; qu'il faut avoir encore la fermeté de le retenir, & quelquefois même le courage d'en manquer. Tel fut Ovide: mais que voulez-vous ? Il avoit avant lui Horace & Virgile ; il lui eût été difficile d'être meilleur qu'eux : mais il pouvoit facilement ne leur pas ressembler ; il pouvoit enfin être nouveau, & par-là en état de plaire & à portée de se distin-

Tome III. Q guer

guer davantage. Ce fut, n'en doutez point, par cette folle envie de
briller, par cette ardeur immodé-
rée de plaire ; que périrent en partie les deux plus beaux Arts du
monde ; je veux dire, la Poëfie
& l'Éloquence; & comme les voies
de la Nature font uniformes, vous
allez voir que deux hommes de
nos jours, trop délicats pour fe con-
tenter de faire auffi-bien que ceux
qui les avoient précédés, ont gâté
depuis peu le goût en France, non
feulement par les mêmes voies,
mais encore dans les mêmes pro-
greffions.

Nous n'avions pas encore le chagrin de regretter les Grands-Hommes du fiecle paffé, & il nous en
restoit

reſtoit encore aſſez pour nous con-
ſoler de ceux que nous avions perdus, lorſqu'on vit tout-à-coup ſe
préſenter dans la catriere du bel
Eſprit, un jeune homme qui avoit
toutes les qualités néceſſaires pour
y briller. * Fort de ce qu'il ſe ſen-
toit

---

* J'avois mis ici dans la premiere
Edition en parlant de M. de Fontenelle,
*Plein du projet qu'il avoit déjà formé de
changer le goût,* &c. on m'en a fait un
crime, & l'on a eu une eſpece de raiſon. Premierement, parce que cela n'eſt
pas vrai. M. de Fontenelle, ſûrément,
n'a fait qu'obéir à ſon génie. En ſecond
lieu, la bienſéance demandoit au moins
un correctif; auſſi l'avois-je mis d'a-
bord; mais comme le propre de tout
correctif eſt de refroidir; je le ſuppri-

Q 2   mai;

toit de mérite , jaloux de ſe faire un
grand nom , plein du courage que
donne la jeuneſſe , il débuta par
décrier les plus Grands-Hommes
de l'Antiquité , ſoûtint que nous
valions mieux qu'eux; & pour nous
le prouver , il nous donna des Ouvrages de ſa façon, raiſonnés , délicats , précis ſans ſéchereſſe : mais
dénués de cet air de vie , de cette
belle chaleur & de cette ſimplicité
que nous admirions chez les Anciens. Il ſaut en convenir , ce Bel-
Eſprit a mille qualités plus précieu-
ſes les unes que les autres : à une
grande délicateſſe d'imagination il
joint

---

mai , & j'eus tort, il eût été ſans doute
plus convenable de le laiſſer.

joint une grande netteté & beaucoup d'étendue dans l'esprit. Né
avec ce talent si peu considéré ,
& qui néantmoins mérite tant de
l'être ; né, dis-je, avec le talent de
s'élever aux Principes des choses ,
il ne fait point , pour attraper la
vérité , ces détours ennuyeux &
pourtant si ordinaires ; il y va & il
y mene par le chemin le plus court,
& ce chemin il le seme de fleurs.
Ce n'est pas là tout son mérite.
Également propre à tout , il fait
agréablement des Vers. Nous a-
vons dès choses de lui , écrites à
merveille en Prose. Poëte , Philosophe , tout lui obéit ; il commande à son imagination , il ne la sent
jamais rébelle : mais par malheur
cet

cet empire * qu'il a fur fon imagination , eſt ſenti ; on ſe plaint de
ce qu'il coûte, & l'on a regret de le
voir acheté par la perte de ce beau
feu, de ce beau naturel qui touche
& qui enchante. Au reſte, en com-
penſation de ce beau naturel qui lui
manque , rien de ce qui peut plaire
& éblouïr n'eſt épargné dans ſes
Ouvrages. A-t il à mettre en œu-
vre

---

* Comment cela ſe fait - il ? On dit
qu'il faut être maître de ſa matière ;
cependant on n'eſt vif, agréa'   , naturel, (diſons mieux) on n'eſt beau
qu'autant qu'on eſt entraîné par elle ;
Eſt-ce que pour être admirable il faut
preſque l'avoir été à ſon inſu ? Sans
doute, & c'eſt par-là que le Génie eſt
ſi ſupérieur à l'Eſprit.

vre une idée commune ? elle ac-
quiert entre ses mains tout l'éclat
dont elle est capable ; il la taille
dans toutes ses faces, à force d'Art
il la rend lumineuse. Lui arrive-t-
il une idée brillante ? il l'orne autant que si elle étoit commune : jaloux d'en faire sentir toute la beauté ; attentif à se faire honneur de
son bien , économe comme s'il
n'étoit pas riche , il l'étend, il l'al-
longe , il la fait, pour ainsi dire ,
passer à la filiere;& devenu ensuite
tout-à-coup prodigue, il étale tout
à la fois ses richesses , vous acca-
ble de pensées, les met les unes
dans les autres , & force ainsi votre admiration. C'est pour cela
qu'il se plaît à habiller en Parado-
xes

xes des idées communes, qu'il leur
en donne l'air à s'y méprendre.
Que fait-il encore ? Il est simple
quand vous comptez qu'il sera orné, orné quand vous comptez qu'il
sera simple. Son grand Art est de
supprimer les liaisons ; parce que
bien qu'elles donnent de la chaleur
& du naturel au discours, elles n'é-
tonnent point, & lui veut absolument étonner. Mais sa façon d'é-
tonner, sa maniere d'éblouïr, celle
qui lui plaît davantage, la plus
dangereuse, la plus capable de
ruiner le bon goût, la plus cruelle
pour les gens raisonnables, c'est
qu'au lieu de prendre le ton des
matieres qu'il traite, il leur fait
prendre le sien ; & cela, au point
que

que les Differtations de Géométrie, les Éloges même Funebres, deviennent entre fes mains des fujets badins, où fon efprit, malgré la répugnance de la matiere, brille dans tout fon enjouement * & déploye toute fa gaieté.

Telle

---

* C'eft quelque chofe de fort aimable que l'enjouement: fi l'on vouloit néantmoins, on pourroit fort bien en médire. Ce qu'il y a de certain, c'eft que les Anciens qui fe connoiffoient bien en chofes agréables n'en ont point voulu. En effet, comment auroient-ils pû s'accommoder de l'enjouement, eux qui faifoient tant de cas de l'Eloquence? Les Anciens avoient encore une raifon de haïr l'enjouement; outre qu'il eft oppofé à l'Eloquence, il l'eft tout

Tome III.   R   autant

Telle eſt en gros la mécanique
du ſtyle de M. de Fontenelle,
homme

---

autant pour le moins au Naturel : car il
faut bien diſtinguer l'enjouement de la
gaieté. L'enjouement eſt pour ainſi dire
le badinage de l'eſprit, une maniere
d'être frappé autrement que naturellement on ne le doit être ; une eſpece
de change qu'on donne à l'eſprit ; une
petite malice qu'on lui fait & qu'il eſt
bien-aiſe qu'on lui faſſe, parce qu'il ſent
qu'on ne la lui fait que pour le réjoüir.
Mais on ne ſonge pas aſſez que ce n'eſt
que dans les Sujets où il eſt queſtion de
badiner, tels que ſont les lettres & les
converſations légeres, qu'il eſt permis
de joüer à l'eſprit de pareils tours ; par-
tout ailleurs l'enjouement a mauvaiſe
grace. Qu'on ne diſe point que l'enjouement fait honneur, ſurtout lorſqu'il
roule

homme certainement de beaucoup
d'efprit, & dont nous ne devions

                                    pas

roule fur des matieres un peu fines ; parce que par-là l'Auteur fait foi qu'il eft
bien maître des fujets fur lefquels il ba-
dine. Sans doute l'enjouement lui fait
honneur ; mais il nous fait rarement
plaifir, parce qu'il y a peu de ces matié-
res fur lefquelles nous aimions qu'on ba-
dine. D'ailleurs, s'il veut paroître bien
maître de fon fujet , pourquoi avoir recours à l'enjouement ? Que ne fe con-
tente-t-il d'être naturel , il fe fera tout
autant d'honneur, & ne nous donnera
pas le chagrin de voir un badinage qui
eft toûjours trifte, lorfqu'il eft déplacé.
Il y a plus, (& c'eft ici le lieu de le
dire) outre que l'enjouement nous déplaît quand il n'eft pas mis avec décen-
te, il ne nous amufe pas trop encore,

                                R 2   quel-

pas naturellement attendre notre corruption. Mais nous étions, quand

quelque bien placé qu'il puisse être, s'il est continu. Voiture s'attire souvent notre admiration ; mais je demande, en le lisant tout de suite, n'éprouve-t-on pas un peu d'ennui ? Il n'y a que le beau naturel qu'on puisse employer toûjours, parce qu'il n'ennuie jamais ; le reste, le brillant, par exemple, l'enjoüé, le fleuri ne sauroient être employés avec trop de sagesse. Car enfin lorsque nous demandons des choses qui nous piquent & qui nous réveillent, outre qu'il est à propos que ces choses soient ménagées & dans des distances convenables, nous voulons encore qu'elles soient placées sur un fond simple, & tout cela ne se trouve point dans l'enjouement, dont on se souviendra pourtant que je ne dis du mal que lorsqu'il est déplacé ou continu.

quand il parut, dans une pleine
satiété des bonnes choses. Le beau,
à force de nous être familier, com-
mençoit à ne nous paroître plus
piquant ; il falloit pour nous plaire
réveiller notre appétit, & par-là
ceux qui devoient travailler à nous
flater le goût, étoient presque dans
la nécessité de nous le corrompre.
L'entreprise en gros n'étoit pas
difficile : il falloit néantmoins s'y
prendre doucement. Il n'y avoit
pas moyen de nous faire passer en
un moment, du bon au mauvais
goût, le saut auroit été trop rude ;
mais on pouvoit nous y conduire
insensiblement, nous séduire par
gradation, & c'est ce que fit
M. de Fontenelle. Sage & retenu
dans ses hardiesses, il ne mit d'a-
R 3   bord

bord dans fes Ouvrages, fi l'on en excepte les *Lettres du Chevalier d'Her*, que la dofe d'ornemens qui étoit néceffaire, ou dû moins cette dofe fut de peu excédée : mais lorf-qu'il vit que le Public fe détachoit de plus en plus des chofes fimples, qu'il falloit à fon goût ufé des mêts plus piquans ; femblable alors, à un Cuifinier adroit, qui ne s'em-barraffe pas de gâter le goût de fon Maître, pourvû qu'il plaife, il jetta l'épice dans fes Ouvrages avec moins de réferve ; employa avec moins de ménagement les pa-rures, mit plus de coquetterie, qu'il n'avoit fait encore, dans fon ftyle ; prodigua les ornemens, qui, mis toûjours par une main habile,

&

& mis fur un fond folide , eurent l'avantage de plaire, & comme fans doute il l'avoit efpéré, l'honneur de devenir à la mode.

Quand un homme d'un certain mérite paroît , il s'empare des Efprits , il les fubjugue , il les abat ; on l'a toûjours devant les yeux , on ne le perd jamais de vûe , & fans le vouloir on devient fon Copifte. Mais qu'on n'efpere pas imiter fes beautés avec autant de facilité que fes défauts. Il n'eft rien de plus facile que d'imiter un Grand-Homme , lorfque fon imagination l'emporte trop loin , lorfque refroidie elle le laiffe tomber en langueur , ou lorfque le beau naturel fe refufant à lui , il a recours à des

R 4 or-

ornemens ambitieux. Voilà où l'on
attendit M. de Fontenelle * pour
l'imiter.

---

* Les loüanges, a-t-on dit, que vous
donnez à M. de Fontenelle, nous font
fufpectes, ce font paffeports à vos Critiques. Je le déclare donc, & le déclare
hautement : fi entrainé par l'efprit M.
de Fontenelle m'a paru quelquefois peu
fidele au fentiment : fi j'ai ofé lui reproche un peu de coquetterie dans le
ftyle, fi quelques-uns des ornemens
qu'il a répandus dans fes Ecrits, ne
m'ont pas paru néceffaires; fi avide d'é-
taler fes richeffes, il n'a pas toûjours été
à mes yeux affez rigide obfervateur des
bienféances qu'exigeoit fa matiere ; je
déclare que malgré ces petites taches,
perfonne n'eft plus touché, n'eft péné-
tré plus vivement que moi de fon mérite : ce n'eft pas feulement l'univerfa-
lité

l'imiter. Les défauts qui chez lui
tenant toûjours à de belles chofes,
&

---

lité de fes connoiffances qui m'étonne.
On peut, quoique cela foit difficile , favoir autant ; mais même avec beaucoup
d'efprit , il eft très-rare de favoir auffi
bien , de voir auffi loin , de rendre un
compte auffi net, & auffi agréable de ce
qu'on a vû. J'admire avec toute l'Europe , la fineffe , la jufteffe , l'étendue de
fon efprit : j'admire en lui le plus beau
de tous les talens, celui de s'élever , &
de s'élever fans efforts aux principes des
chofes , le don de faire perdre aux idées
les plus abftraites la féchereffe qui leur
eft naturelle , l'art de repandre par-tout
la lumiere , & j'ai encore une loüange
finguliere , & peut-être la plus flateufe
de toutes les loüanges à lui donner ;
c'eft que fupérieur aux dangers , toûjours

& rarement pouſſés à l'excès, n'é-
toient preſque pas ſentis, parurent
chez

---

jours ferme aux bords des précipices, il
n'eſt jamais plus beau, plus lumineux,
plus à l'abri de tout reproche, que lors
qu'ayant en main une matiere rebelle,
il eſt obligé à quelque effort pour la
dompter ; telle eſt ma déclaration. Si
j'ai critiqué Monſieur de Fontenelle,
quand j'ai crû devoir le faire ; on voit
d'un autre côté, mon reſpect pour ſes
talens, mon attention, & j'oſe même
le dire, ma joie à relever ſon mérite ; je
ne ſai même, & peut-être y a-t-il de la
vanité à moi à le declarer ; je ne ſai mé-
me ſi je ne m'applaudis pas en ſecret de
ſentir au degré que je le ſens toute l'é-
tendue des qualités qui le diſtinguent.
Hé, pourquoi cacherois-je un ſentiment
qui m'honore ? C'eſt aux Critiques d'humeur,

chez fes Copistes dans toute leur difformité. On voulut être enjoüé lorfqu'il

---

meur, aux Critiques de profeffion à fe défendre à jamais les loüanges, à cenfurer fans relache, à critiquer fans miféricorde. Malins à la fois & fots, ils ne favent pas qu'une Critique, quand elle eft injufte, ne déshonore que celui qui la fait, peut-être auffi que bien loüer eft trop difficile pour eux, critiquer eft plus commode : on a pour foi la malignité humaine ; mais qu'on ne compte pas fur elle : honteufe de fon injuftice, elle a bien-tôt trahi ceux à qui elle a fait accueil, & à cet accueil de paffage fuccede un mépris qu'il n'eft permis qu'aux Critiques de profeffion de braver, parce qu'à force de l'effuyer ils ont acquis le courage de ne le plus craindre.

lorſqu'il falloit être chaud ; délicat lorſqu'il falloit être mâle : on eut de l'eſprit lorſqu'il fallut avoir du ſentiment ; on brouilla les genres, on confondit tout , & cette licence ſut honorée du beau nom de noble hardieſſe. Il vint , pour achever de nous perdre , un homme de quelque eſprit ; mais qui , n'ayant aucune ſorte de goût , ne devoit pas naturellement nous ſéduire. Il en eut pourtant l'honneur , & nous eûmes la ſottiſe de le gâter par nos loüanges , & de le rendre par-là plus dangereux qu'il n'étoit encore : car , Monſieur , il ſe fait un commerce de contagion entre le Public & les Auteurs. Les Auteurs commencent à gâter le Public , le Public

Public à son tour gâte les Auteurs, & de tout cela se forme un cercle de contagion qui est inévitable. Cet homme, (car il est important d'y revenir) cet homme, dis-je, voulut aussi se mêler d'être nouveau. Il commença d'abord par nous donner un Recueil d'Odes. Ce n'étoit point de ces Odes où l'imagination frapée de la grandeur & de la dignité des sujets qu'elle traite, se livre en insensée à ce qui la remue, s'abandonne aux égaremens, & se permet, comme elle le peut quelquefois avec bienséance, l'heureuse irrégularité des Ecarts ; c'étoient des Odes tranquiles qui, portant sur un fond Métaphysique, n'étoient Odes que par quelques

figures

figures & quelques Écarts de commande, qu'on avoit eu la prudence d'y ménager. Le Public surpris & touché comme il l'est ordinairement du nouveau, applaudit à ces Odes dont il n'avoit point encore vû de Modele ; & parce qu'il y en avoit quelques - unes qui avoient réellement de la beauté, il prit sérieusement le parti de les admirer toutes. Le succès donne ou augmente l'audace. M. de la Mothe, couronné de gloire, crut que tout lui étoit permis, & il eut encore une bonne raison de le croire. Quand on n'est appellé à rien par la Nature, on peut hardiment aller à tout. Fier donc de ses talens, c'est-à-dire, de l'impuissance d'exceller

celler en rien; * M. de la Mothe
débita ſes Fables ; de-là il s'éleva
d'un

---

* Je le répete encore, qui va à tout eſt
fait pour n'exceller en rien. Mais, dira-
t'on, les Grands Génies ne ſont-ils pas
faits pour tout dompter? Je répons que
les Grands Génies ne ſont pas également
grands en tout. Croit-on, par
exemple, que la Fontaine, qui n'a jamais manqué de force & de vigueur
dans le peu d'occaſions où il en a
fallu, eût eu de quoi s'élever dans une
Tragédie à la hauteur de Corneille?
Corneille à ſon tour auroit-il fait les
Contes de la Fontaine? Pas mieux que
la Fontaine n'eût fait Cinna & les Horaces. Diſons-le donc, les Grands Génies ont beau être grands, ils trouvent quelquefois des genres qui leur
réſiſtent, & il y a pour eux des meſures
à

d'un vol léger au Poëme Épique, il rabattit ensuite sur la Tragédie. Jamais allarmé des oppositions qu'ont entr'eux les genres ; sûr apparemment par un exception unique de les concilier tous, il fit des Comé-

___

à prendre. Or ces mesures, les voici : sages & prudens, ils essayent les genres où ils pourront le mieux mettre en valeur les qualités qui sont chez eux, & les plus belles & les plus dominantes. L'épreuve faite, ils s'y fixent, ne font tout au plus, & même qu'en tremblant des excursions légeres sur les genres qui avoisinent ceux auxquels les a destinés la Nature. Les esprits médiocres sont plus hardis, ils vont à tout, & pourquoi n'y iroient-ils pas ? ils n'ont point de destination particuliere.

Comédies , des Églogues , des
Cantates , des Operas. Sa fécondi-
té alla jusqu'à nous donner des discours raisonnés : car comme M.
de la Mothe avoit crû être Poëte ,
il en vint à croire qu'il étoit Philosophe ; & de ce beau songe sortirent sur chaque genre de Poësie ,
des Poëtiques particulieres , espece de Systèmes que formoit M. de
la Mothe sur ses Poësies , qui é-
toient selon lui , les meilleurs Modeles qu'il pût prendre. Au reste je
n'aurai point l'injustice de dire
qu'il ne mettoit aucune sorte d'esprit dans ses Ouvrages : * mais
grand ,

---

* Je veux me raccommoder avec les
Partisans de M. de la Mothe ; il est sans

Tome III.   S   contre-

grand Dieu, quel efprit ! nulle naïveté, nulle grace ; beautés prefque

contredit, qu'il étoit homme de mérite, fon Balet de l'Europe Galante , celui d'Iffé ont eu tous deux du fuccès, & tous deux le méritoient. On dit que fes Odes font mauvaifes, mais n'y trouve-t-on pas des ftrophes tournées de ma-niere à lui faire honneur ? Si fa Profe n'eft pas délicate, elle eft brillante ; fon expreffion eft riche, noble, foûtenue ; une certaine vigueur d'imagination le laiffe rarement plier, & jufques en di-fant des chofes communes, il fe fauve de l'affront d'ennuyer. Frappé vive-ment, il peint bien ; dogmatique, il n'en a pas l'air. La diffufion qui eft d'or-dinaire un vice, ne l'eft prefque pas chez lui, tant il employe de pompe, tant il met d'art à la parer. N'oublions
pas

que toûjours déplacées , & par
conféquent défauts. Demi-vûes
dans

---

pas une des grandes perfections de M.
de la Mothe , la grande partie de l'Avo-
cat ; ce que les Latins appellent *Copia* :
ce beau talent qui fait tant d'effet fur la
multitude , qui cache & dérobe fi bien
les fophifmes , le talent d'étaler. M. de
la Mothe l'avoit à un très-haut degré ;
auffi , combien & avec quel fuccès lui
avons-nous vû plaider de mauvaifes caufes. Au milieu de tant d'éloges, on l'ac-
cufe d'avoir rarement cherché le terme
propre ; apparemment qu'il ne le fentoit pas, auffi s'en eft-il fouvent paffé ,
& fes Admirateurs n'ont pas eu la févé-
rité de le lui demander. Après avoir
ainfi rendu juftice à M. de la Mothe ,
on me permettra de dire qu'avec de
l'efprit, il avoit fort peu de goût, qu'où
S 2   il

dans les idées, affectation dans le
Style; ce n'étoit tous les jours que
nou-

---

falloit du sentiment, il mettoit presque
toûjours de l'esprit. Que l'affèterie, ou
la dureté qu'il mettoit dans ses Vers,
les empêchoit rarement d'être Prosaï-
ques, que lorsqu'il falloit être Poëte,
il faisoit communement le Philosophe;
& je dirai hardiment qu'il l'étoit peu.
Un principe posé il n'en tire pas mal les
conséquences, les développe avec une
espece de netteté : mais on tire de reste
les conséquences, la difficulté est de
bien saisir les principes, de les pénétrer,
de les embrasser tous, & ce n'étoit pas
là le talent de M. de la Mothe; du bien.
& du mal que je viens de dire d'un
homme, qui de son vivant a eu des partisans illustres, & à qui il en reste encore que je respecte; il résulte qu'il
étoit

nouvelle création de mots , que
mariages mal aſſortis dans les expreſſions ; & cependant ce ſtyle
monſtrueux , ce dérangement é-
trange ne déplut point au Public ;
M. de Fontenelle l'avoit déjà a-
mené à une petite admiration pour
tout ce qui s'écartoit des bons Mo-
dèles. Peut-être auſſi que le Naturel avoit fait ſon tems , & que las

des

étoit homme de mérite , & je ſuis le premier à en convenir ; mais je mets des
bornes à mon admiration : nous n'en
mettons communément à rien , nos
loüanges , quand nous faiſons tant que
d'en donner , ſont exceſſives , auſſi
combien de fois avons-nous été obligés
d'en rabattre.

des impreſſions qu'il avoit faites
ſur nous, nous ne pouvons plus
aujourd'hui être touchés que par
le neuf, le recherché & le biſare.
Si cela eſt, Monſieur, que de-
viendrons nous? Que deviendrai-
je moi qui vous parle? Et qui me
répondra, qu'en criant contre le
mauvais goût, je ne me fais pas mon
procès à moi-même? Car enfin ne
nous raſſûrons ni vous ni moi ſur
notre attachement au vrai, au ſimple, au naïf: quand le goût général eſt une fois devenu mauvais, il
faut prendre ſon parti, & s'attendre à être un peu gâté. En vain
dans ces tems de corruption nous
appellerons à nous le beau Naturel, il n'y viendra jamais bien pur:

un

un peu du mauvais goût paſſera malgré nous dans notre ſtyle, circulera à notre inſu dans nos Ouvrages ; nous ne ſerons peut-être pas tout-à-fait infectés, mais enfin nous le ferons, & la poſtérité verra avec douleur qu'il nous a fallu payer le malheur d'être venus dans un ſiecle où il n'étoit pas du bel air d'être naturel.

LETTRE

LETTRE III.

*Sur les caufes de la décadence du
Goût.*

J'AI encore à vous apporter des
raifons de la dépravation du
goût, & ces raifons, je les pren-
drai dans le caractere de notre fiecle, à qui, par l'examen que vous
en ferez, vous trouverez toutes
les qualités propres à ruiner le bon
goût & à éteindre le beau naturel.
Il faut à l'imagination pour enfan-
ter de belles chofes, du calme, de
la tranquilité, une certaine joie
douce que produit l'aifance ; & ce
qui eft plus néceffaire encore, un
État

État fixe & affûré dans la fortune des citoyens. Rien de tout cela ne nous manquoit vers le milieu du Regne du Louis XIV. Mais quand le Ciel eut difpofé de ce Grand Roi , quelque tems même avant que nous ayons eu le malheur de le perdre, cette heureufe tranquilité difparut ; la guerre, qui, dans fa plus grande fureur n'avoit point caufé d'allarmes aux particuliers , leur en caufa quand elle fut finie ; & l'État qui s'étoit arrieré par des frais immenfes , croyant pouvoir fe dédommager avec bienféance de fes pertes fur le Public , nous vîmes avec regret diminuer notre patrimoine ; mais ce ne fut là que l'effai de nos malheurs. Un

homme arriva en France avec des
projets vaftes, brillans, magnifiques, & qui pouffés jufqu'à un
certain point auroient été extremement utiles : mais notre cupidité
les gâta, & bien-tôt après chaque
particulier, puni d'avoir été avide
ou pareffeux, vit, par une efpece
de preftige, paffer fon bien dans les
mains d'un inconnu qui fut étonné
& prefque honteux de fe trouver
riche. Quel tems pour les Mufes !
& depuis trente ans néantmoins
nous n'en avons guere eu d'autre.
Qu'on ne dife pas que des jours
plus férains nous mettent aujour-
d'hui à l'abri des orages : Fleury
veille fur nous, & nos fortunes
font affûrées ; mais tranquiles de
ce

ce côté-là , n'avons-nous plus rien
à craindre ? Quelle attention ne
faut-il pas encore pour conferver
fon bien ? Quels mouvemens, quelle activité pour le défendre ? combien de gens n'a-t'on point à ménager ? & fi l'on fe fent de l'efprit,
n'eft-il pas plus naturel qu'on l'emploie à s'acquérir des richeffes , à
fe concilier ceux qui les diftri-
buent ou qui les confervent , qu'à
cultiver les talens de l'efprit ; talens qui menent à une mifere pro-
chaine, s'ils ne font foûtenus de manege , d'impudence & de baffeffe ?
Vous ne l'ignorez pas , Monfieur,
le feul efprit qu'il importe aujourd'hui de cultiver , le feul qui
fourniffe les commodités , les agré-

T 2   mens

mens de la vie, le feul qui donne
de la diftinction, c'eft l'efprit de
manege. Qu'on ne compte point
fur un mérite réel, éminent &
même non contefté, on n'en eft
pas plus confidéré, * & peut-être

en

---

* A quoi donc fe donne la confidération ? aux dignités, aux richeffes, au
pouvoir de faire du bien & du mal ?
Mais, dira-t-on, n'y arrive-t-on jamais
avec de grands talens ? quelquefois.
Mais il y a uh préalable, l'envie à faire
taire, & ce n'eft pas ordinairement avec
de la probité & de la vertu qu'on y
réuffit. Je ne connois de vraiment heureux que les gens de Parti, ils ne font
obligés à rien, pas même à être fri-
pons, le Parti les porte, & fans mettre
rien du leur, ils vont tout de fuite, &

quel-

en est-on un peu plus haï. Il est
d'autres vertus par lesquelles on
arrive à tout, modeste avec les
petits, soyez flateur & quelquefois impudent avec les Grands;
loüez tout haut en méprisant tout
bas, vous aurez de la fortune, je
vous répons d'une gloire brillante. Votre esprit soûtenu de l'artifice de votre cœur, de la sou-
plesse de vos manieres, vous fera
une cabale plus forte qu'un mur
d'airain ; vous verrez naître sur
vos pas des Protecteurs. Mais prenez garde, ces graces séduisantes,

cette

quelquefois même sans bassesse, à ce
qu'on appelle considération.

T 3

cette flexibilité de caractere , tout
enfin ce qui vous conciliera ces
hommes qu'il vous faudra ménager
pour votre fortune, fera perdre à
votre esprit toute sa vigueur; vous
deviendrez tout miel, tout sucre,
tout pavot, & si vous avez jamais
de grands Sujets à manier , de
grands mouvemens à rendre , votre ame nourrie de dissimulation &
de fausseté , n'aura plus rien de
noble à vous donner , il ne s'offrira plus à votre imagination éner-
vée par un long usage de flaterie,
que des tours mous, des expressions emmielées ; tout respirera la
bassesse de votre ame, & vos Ouvrages teints de vos vices , man-
queront toûjours ce beau naturel
que

que vous ne décriez que par dé-
pit. Ce fut, & le fait est attesté
par l'Histoire, ce fut par cet esprit de manege, par cette corruption de mœurs que tomba le goût
des Romains. Ce beau courage,
cet esprit de liberté qui leur avoit
fait opérer & dire de si belles choses, s'étant une fois tourné à l'esclavage, à cet esprit succéda celui
de manege, de fourberie & de dissimulation. Il ne fut plus question
alors pour arriver aux honneurs
d'avoir du mérite, nulle espérance
d'ariver à rien par la vertu, tout,
jusqu'aux talens, devint inutile,
il fallut, & il n'y eut point d'autre
parti à prendre, il fallut pour s'é-
lever aux grandes places se rendre
T 4   agréa-

agréables à ceux qui les diftri-
buoient, & comment plaire à ces
hommes qui fe prenoient pour des
Dieux, que par un encens bien
apprété, que par des loüanges dont
on leur couloit adroitement le poi-
fon, & ce qui étoit plus habile encore, par des railleries & des mé-
difances délicates qu'on faifoit
tomber fur ceux qui avoient le
malheur de leur déplaire ? Tel fut
fous Tibere l'efprit de Rome ; à
Dieu ne plaife que je croie que tel
foit aujourd'hui le nôtre. Cependant le peu de folidité que nous
avons vû à nos fortunes, les viciffitudes qu'elles ont effuyées, le
befoin que nous avons ou que nous
craignons d'avoir un jour les uns
des

des autres ; ce monftre enfin que
toutes les Puiffances humaines ne
fauroient abattre ; le luxe nous
rapproche un peu malgré nous de
ces malheureux tems. Amoureux
tous , & amoureux à la fureur
d'une certaine confidération , qui,
fruit de l'intrigue eft devenue le
canal des richeffes ; nous tenons
notre imagination dans l'efclava-
ge , nous modérons fes faillies ;
nous éteignons à tous les momens
fon feu, & la vérité qui n'eft jamais flateufe, eft forcée de mourir à chaque inftant fur nos levres,
qui ne s'ouvrent plus que pour de
froids & d'officieux menfonges, que
pour des complimens, qui, quoique
pleins de fadeur, font devenus ref-
pectables par la mode, qui a eu le talent

lent de les confacrer : tels font nos mœurs ; par elles jugez de notre ftyle, & ne vous étonnez plus de ces petites phrafes dont font farcis nos Livres, phrafes froides & maniérées comme l'efprit qui les a produites. Accoûtumez - vous à cette fauffe délicateffe qui fait aujourd'hui le prix de nos Ouvrages, & qui pourroit bien avoir pris fa naiffance dans nos converfations. Qu'eft-ce néantmoins que ces converfations ? Des difcours rompus, où, pour plaire, il ne s'agit que de placer quelque mot, qui, par une certaine obfcurité répandue à deffein, & qu'on appelle tour, faffe croire qu'on a beaucoup d'efprit & la fageffe de ne le montrer pas tout.

tout. Que fi on n'a pas l'efprit délicat à la façon que je viens de le
dire, il eft d'autres routes pour arriver à la gloire. Qu'on foit vif
& vif à la façon des éclairs, qu'on
fe livre à des momens heureux
d'une vivacité paffagere, qu'on
ait le talent de lancer des traits ;
mais qu'avec ces minces & ces
futiles qualités on ne fe flate point
de parvenir jamais à faire de bons
Ouvrages ; cette imagination, qui,
dans la converfation avoit bonne
grace à fe laiffer aller à fes capri-
ces, qui s'étoit exercée à ne briller que par des faillies, qui, pour
en trouver de nouvelles changeoit
d'objet à chaque inftant, cette imagination n'a pas beau jeu, lorfque

que fixée fur un fujet , il faut
qu'elle le fuive , qu'elle le développe , qu'elle l'approfondiffe : fa
délicateffe alors devient affeterie ;
fon feu , qui de longue main , eft
accoûtumé à mourir & à renaî-
tre à chaque inftant , n'a pas la
force de produire une chaleur
égale ; & de-là , ces paffages du
chaud au froid , qui , faits fur le
modele de nos converfations , &
n'ayant ni corps , ni vrai éclat ,
brillent prefque tous d'une délicateffe entortillée , ou jettent des
feux violets qui ne font qu'é-
bloüir. *

Ce

---

* Qu'on ne croie pas que j'envelop-
pe tous nos Ouvrages dans un mépris
géné

Ce sont là néantmoins, Monsieur, les Ouvrages qu'on admire;
on

général, il y en a plus d'un, dont si j'o-
sois je serois ici volontiers l'éloge; ceux
même qui se sont emparés trop légere-
ment de notre admiration méritent de
l'estime; mais en méritent-t-ils à tous
égards? Un de nos grands défauts, c'est
de loüer sans réserve; qu'il est beau,
disons-nous, cet Ouvrage qu'on vient
de nous donner! a-t-on vû nulle part de
si beaux détails? quel éclat, quelle élégance, quel coloris, quelle force, quelle
netteté d'expression! Fort bien: mais
cet Ouvrage qui réunit tant de suffra-
ges est fait pour avoir de l'intérêt: en
a-t-il? Y voyons-nous de l'accord, de
l'économie, de l'ordonnance? les parties y sont-elles faites les unes pour les
autres? se pretent-elles une chaleur,
une

on fait plus, quelquefois on les ré-
compenſe, mais ſonge-t-on qu'en
ne récompenſant pas le bon on
anime au mauvais : ſonge-t-on que
rien n'eſt plus capable d'anéantir
les Arts & les Belles-Lettres que
les récompenſes mal appliquées,
que les grands Génies irrités ſor-
tent

---

une beauté mutuelle ? Non. Diſons-le
donc, mais perſonne ne parle : & que ré-
ſulte-t-il de ce lâche & honteux ſilence?
Que le mauvais goût triomphe, gagne
du terrein, étend ſes conquétes, s'empare de toute une Nation, qui, loin de
ſentir ſon mal, s'en applaudit, en devient plus fiere & ſe réjoüit de ſa corruption, comme ſi elle avoit acquis un
nouvel étre qui l'honore.

tent de la lice ; que les lauriers dédaignés reftent à cueillir aux ef-prits médiocres, qu'ils en parent infolemment leur tête, & que le mauvais goût récompenfé triomphant & ne trouvant plus d'oppofition s'empare des efprits déjà à demi fubjugués par la mode, l'exemple, l'imitation, & par tout ce qui peut entraîner des hommes par eux-mêmes affez faciles à féduire.

Au refte, que ma déclamation contre les récompenfes mal appliquées, n'aille pas vous faire croire que j'attaque ici le difcernement & les lumieres de ceux qui nous gouvernent. Nous vivons fous les lois d'un jeune Monarque, à qui le Ciel

Ciel a donné presque en naissant, cette sagesse qui nous coûte à nous autres tant d'années à acquérir. A la foule des talens dont il est orné, se joignent les Conseils lumineux d'un Ministre plein d'amour pour les Belles-Lettres., & qui nourriçon lui-même des Muses leur doit trop pour les oublier: mais le mérite ne s'offre pas toûjours à la récompense, & peut-être ceux qui sont dignes des graces ne s'y prennent - ils pas comme ils devroient pour les obtenir: les grands talens ne vont point avec la bassesse, & tel qui est fait pour mériter les récompenses, n'est pas fait pour les demander : de - là l'élévation, de-là le triomphe de nos Héros.

Héros. Portés fur les ailes de la cabale, élevés & foûtenus par elle ils ont pour eux les voix & les fuffrages de mille petits Auteurs naiffans, qui en les élevant croient fortir de leur baffeffe ; ils ont bien mieux encore, ils ont à leurs gages une foule de gens, qui, par bonheur pour nous ne fe fentant pas affez d'efprit pour écrire, s'en croient fuffifamment pour juger ; car tout le monde aujourd'hui s'en pique, & l'efprit eft devenu une affaire de mode. Vous ne le favez que trop, Monfieur, & comme c'eft une des grandes caufes de la dépravation du goût, je ne faurois affez vous le dire, vous ne favez que trop que la fureur

Tome III.   V   de

de l'esprit est une maladie géné-
rale ; & combien de secours, combien * de facilités ne nous donne-
t-on

---

* A quoi nous servent ces prétendus
secours, cette multitude innombrable
de Journaux , cette foule de Traductions, d'Abrégés, de Dictionnaires, de
Compilations, &c. A nous ouvrir, dit-
on, le chemin des Arts & des Sciences,
à en arracher les épines, à nous en rendre les routes plus faciles. Je dis moi ,
que ce sont toutes ces facilités qui nous
perdent : en tenant nos facultés oisi-
ves, elles les énervent. Vivent les difficultés ! c'est par l'habitude à les vaincre que l'esprit prend de la force & de
l'étendue. Ce n'est pas du travail d'au-
trui qu'on s'enrichit; ce n'est pas, pour
parler la Langue de Montagne , par ce
qui

t-on pas tous les jours pour en a-
voir : que de Journaux , que de
Traductions , que de Commen-
taires , &c. Auffi avons-nous plus
de gens d'efprit que jamais , fi

par

---

qui a été mâché par les autres qu'on
prend de l'embonpoint , de la vigueur ;
& fi cela eft , n'a-t-on pas le droit de
nous dire que cet Art , qui , dans fa naiffance nous a été fi utile , l'Art de l'Im-
primerie ne fert plus guere aujour-
d'hui tel qu'il eft , qu'à nourrir notre
pareffe , qu'à affoiblir nos forces , qu'à
faire circuler le mauvais goût , l'ignorance , l'efprit de débauche , & ce qui
eft encore bien déplorable , qu'à infec-
ter l'Europe de toutes fortes de frivo-
lités , & qui plus eft , d'ordures de toute
efpece.

V 2

par gens d'esprit, vous entendez
des gens qui ont fait des lectures
superficielles, & qui avec un peu
de Logique & beaucoup d'orgueil,
en savent rendre une espece de
compte. Mais trouvez-moi des La
Fontaines, des Quinauts, des Pas-
cals ; trouvez-moi des esprits mâ-
les sans dureté, délicats sans affeterie, précis sans sécheresse. Eh !
Monsieur, si la Nature nous en
envoyoit, quelle fourmilliere de
fautes ne leur trouverions-nous
pas : tantôt ce seroit une faute de
Grammaire qui nous impatiente-
roit; tantôt un petit vice de Versifi-
cation : car ce que nous avons perdu en goût, nous l'avons gagné
en exactitude. Lisons-nous aujour-
d'hu-

d'hui un Ouvrage, ce n'eſt plus pour le lire, c'eſt pour ſurprendre ſon Auteur en fautes ; c'eſt pour cela qu'on aiguiſe ſa ſagacité, qu'on déploie toutes les forces de ſon eſprit : combien voit-on tous les jours de gens qu'on appelle gens d'eſprit, aller voir repréſenter une Tragédie, & y fermer, pour ainſi dire, leur cœur à ce plaiſir délicieux que produiſent des ſituations vives, des ſurpriſes intéreſſantes : & pourquoi tous ces ſacrifices ? pour ſe ménager le petit honneur de remarquer des premiers un Vers, qui, avec de la force & de la beauté, n'avoit pû joindre une exactitude ou une netteté extrème pour démêler une

petite

petite faute apperçue de l'Auteur,
& laissée exprès par lui , parce
qu'elle amenoit des beautés qu'il
auroit été obligé de perdre en la
corrigeant? Car telle est aujour-
d'hui notre vanité , & elle est
poussée au point que nous n'exer-
çons notre sensibilité , que nous
ne nous remercions d'en avoir que
pour être mieux en état de remarquer les défauts d'un Ouvrage ,
sensibilité funeste , délicatesse per-
nicieuse , qui , ne tombant que sur
des minuties , oblige les Auteurs
à trop polir leurs Ouvrages , à les
refroidir par des recherches vaines , à les énerver par des correc-
tions frivoles , & de-là , par une
conséquence malheureuse & pourtant

tant néceſſaire, ces Écrits qu'on
nous donne ſi libéralement : Écrits
ſecs, ſans vie, ſans chaleur, &
deſtinés à faire périr d'ennui tous
ceux qui ont le malheur de les
lire.

Tels ſont les fruits de cette
Critique, qui n'eſt point cette
Critique ſaine & judicieuſe, for-
mée par un goût délicat, & toûjours d'accord avec ces regles pré-
cieuſes que nous ont laiſſé les Grecs
& les Latins. Je n'ai garde de dire
du mal de celle - là, mais laiſſez-
moi déclamer encore contre cette
critique mince, contre cet eſprit
de chicanne qui a infecté depuis
quelque tems les eſprits, & dont
je ne ſai pas ſur quoi fondé, on ſe

fait tant d'honneur. Qu'on fache
donc, que pour qu'on foit en droit
d'efpérer de la gloire d'une Criti-
tique, il ne fuffit pas qu'elle foit
raifonnable : il faut encore qu'elle
tombe fur des fautes qui déran-
gent la bonne conftitution d'un
Ouvrage, qui en alterent confidérablement la beauté : mais fi
cette Critique ne roule que fur
des minuties ; je dis qu'elle ne fait
point d'honneur à celui qui la fait.
Je vais plus loin, je le tiens def-
honoré * d'avoir fu fentir une négligence

---

* Qu'un homme confulté par l'Auteur d'un Ouvrage le releve fur une
faute légere, lui reproche une minutie,
                                    je

gligence qui devoit raisonnable-
ment échapper à son esprit, à qui
il convenoit d'être frappé du beau,
répandu

je n'ai rien à lui dire, l'indulgence la
plus légere sur ce qui pourroit devenir
meilleur dans l'Ouvrage de son ami,
est pour lui un crime ; mais je le dis encore, un Lecteur, proprement dit Lecteur, est déshonoré s'il fait une attention sérieuse à une négligence ; je veux,
que livré tout entier aux beautés dont
l'Ouvrage étincelle, il ne voye pas de
petites taches, que dans l'ivresse où il
doit être, il ne lui est permis de voir
qu'après avoir épuisé son admiration &
être revenu à ce triste & malheureux
flegme que laisse la lecture des Ouvrages médiocres.

Tome III.   X

répandu à pleines mains dans l'Ouvrage.

Mais, comment se sauver de cet esprit de chicanne, si dangereux pour le goût ? Il y a des Écoles où on le professe. Oui, Monsieur, nous avons de petites Académies de Bel-Esprit. Donnons à ces réduits littéraires le nom qui les distingue : nous avons des caffés. C'est-là notre portique, notre licée, c'est-là l'école de nos jeunes Auteurs, c'est-là que tombés au sortir du Collége on leur dit avec amitié qu'ils se donnent bien de garde de ressembler à ces anciens Écrivains de la Grece & de Rome, à ces gens qu'on appelloit Homere & Virgile. C'est-

là

là qu'on leur recommande de fuir,
autant qu'ils le pourront, le naturel comme trop commun, comme
un moyen ufé de plaire. C'eſt - là
enfin, que pour qu'il ne manque
rien à ces jeunes gens qui doivent
être un jour les modeles de nosNe-
veux, on leur met en main des
mots nouveaux avec le ſecret de
les allier ſi biſarrement avec les
vieux, qu'ils deviennent affez merveilleux pour nous éblouïr & affez
ridicules pour nous plaire.

Avec tant de choſes qui concou-
rent à la fois pour ruiner le goût,
au milieu de tant de gens qui conf-
pirent contre lui ; ne vous étonnez donc plus, Monſieur, qu'il
périffe, lui qui eſt fait pour périr,

X 2   &

& qui periroit bien fans tant d'efforts ; mais quoi, fi ces grands af-
tres qui roulent majeftueufement
fur nos têtes ont leurs viciffitudes ;
fi les Empires , qui, par l'immen-
fité de leur puiffance ont le plus
de droit-de compter fur la ftabilité,
ne font pas eux-mêmes à labri des
révolutions ; fi le parfait , monté
au plus haut degré de fon élévation, eft malheureufement forcé
d'en defcendre : fi c'eft une loi de
la Nature que ce qui ne peut avan-
cer recule , s'il faut enfin que le
bon goût dégénere , que cet Afrêt
ne nous faffe point trembler. Sou-
venons-nous que dans un téms pareil au nôtre, Juvenal & Quintilien, fermes tous deux au milieu
du

du torrent, y font reftés prefque immobiles. Que leur exemple nous encourage; Fideles au bon goût, attachés fans relâche à le défendre, cheriffons le plus beau préfent que nous ait fait la Nature ; au milieu de la contagion, tâchons de le garder pur , faifons - nous gloire de le poffeder encore , & dût-il nous en couter l'eftime de quelques efprits, ou prévenus, ou fuperficiels ; moquons - nous des hommages qu'on rend au mauvais goût, ne craignons point de nous en moquer, nous en ferons fûrement avoüés par la poftérité ; car la mode & les cabales ne fubfifteront pas toûjours. Oui, Monfieur, ce beau naturel qui vit encore dans

X 3 vos

vos Écrits , reparoîtra un jour dans
tout fon éclat , deviendra le langa-
ge ordinaire de nos Neveux ; &
jugez combien alors, devenus fa-
ges par nos exemples , ils apprendront à ménager un bien dont ils
feront honteux pour nous que nous
n'ayions pas affez fenti les charmes.

LA

LA SAGESSE,

POEME.

PRODIGUE à mes Rivaux, Dieu puissant
    du Permessè,
Prodigue, j'y consens, tes fougues, ton ivresse,
Dégoûté dès longtems de tes vaines fureurs,
Je les dédaigne encore, & je hais tes faveurs,
Je hais de tes grands mots ce pompeux assemblage,
Où la raison languit & meurt dans l'esclavage.
La gloire de l'Olympe, & mon plus ferme appui,
L'objet de mon amour que j'invoque aujourd'hui,
La Déesse des Arts, la savante Minerve,
D'une plus pure flamme échauffera ma verve,
Soûtiendra mon effort, m'inspirera des chants
Dignes d'elle, de moi, sublimes & touchans,
Et qui portant au loin sa gloire & mon hommage
Seront à leur beauté connus pour son Ouvrage;
Mais quel transport charmant! & qu'est - ce que
    je voi?
Quel est ici le Dieu qui s'empare de moi?

Où suis-je ? Quels jardins ! la féconde Nature
A-t-elle pris pour moi sa plus riche parure ?
Jamais un Ciel si beau n'éclaira l'Univers,
Que ce zéphir est doux, que ces côteaux sont
        verds !
Où m'as-tu transporté, séduisante sagesse ?
Avec la volupté regne ici la paresse ;
Que dis-je, c'est ici le tranquile séjour,
Où de sages heureux tu composes ta Cour.
Tu m'avois donc trompé ridicule Stoïque,
Enflé d'une vertu superbe & chimérique,
Tu disois que toûjours insensible à nos vœux,
La Sagesse fuyoit sur des rochers affreux ;
Tu nous la dépeignois triste, sombre, cruelle,
Tu la connoissois mal, Venus n'est pas si belle.
Tout charme en ma Déesse : une tendre lan-
        gueur
Du respect qu'elle inspire adoucit la rigueur ;
Jamais sa majesté n'effaroucha les graces ;
Constantes à chercher, à démêler ses traces,
Elles vont à l'envi relever ses attraits,
De ce charme inconnu qui ne doit rien aux traits ;
Et quelquefois les ris ennuyés à Cithere,
Pour suivre la Déesse, abandonnent leur mere ;
Ils te quittent pourtant ces perfides mortels ;
Et quand les insensés désertent tes autels,
                                Toûjours

Toûjours tendre pour eux , pour eux toûjours ai-
    mable ,
Tu tends à des ingrats une main secourable ,
Tu leur permets encor les craintes , les desirs ,
Tu sais que c'est par eux qu'on arrive aux plaisirs ?
Sagesse , tu nous fais un bien plus doux partage ;
Jamais des passions tu n'interdis l'usage ,
Tel qu'Eole du sein de ses antres profonds
Regit les fiers Autans , commande aux Aquilons ;
Sage , il ne les tient pas esclaves dans la chaîne ,
Par son ordre on les voit , modérant leur haleine ,
Rafraîchir les vallons , se joüer dans les airs ,
Et d'un doux mouvement animer l'Univers :
Borée en vain frémit , son Maître le resserre ,
Un vent trop effréné ravageroit la terre.

   Sagesse , c'est ainsi que ton aimable voix
Regle nos passions , leur impose des lois ;
Sur elles attentive exerce sa puissance ;
Mais c'est pour réprimer leur fougueuse insolence :
Ton zele à nous servir , & tes soins généreux ,
Nous en laissent toûjours assez pour être heureux :
Hélas ! ce n'est pas-là ce qu'on nous fait entendre,
Dès nos premiers soleils , dès l'âge le plus tendre
On nous dit , qu'à l'amour en naissant destinés ,
Par ton ordre à le fuir nous sommes condamnés ;

                             Eh

Eh quoi, n'est-il donc point une sage foiblesse ?
N'est-il donc de vertu qu'au sein de la tristesse ?
Et veut-t-on qu'à nos goûts, mettant toûjours un
      frein,
Que contre nous toûjours les armes à la main,
Nous perdions à combattre, à nous vaincre sans
      cesse
Des jours que nous devons au Dieu de la tendresse.
Cédons, cédons plutôt, & laissons-nous charmer,
Eh, pouvons-nous assez, & trop longtems aimer.

   Osons plus: livrons - nous à de douces chi-
      meres,
Sagesse tu le veux, toutes sont nécessaires ;
C'est par elles qu'un bien qu'on n'obtiendra ja-
      mais,
Se laissant espérer, brille de mille attraits;
Par elles fuit l'ennui, la pâle nonchalance,
Le poison lent des cœurs, la triste indifférence,
Par elles l'Univers sans relache agité,
A sa grace, son ordre & toute sa beauté.

   Ce sont là tes bienfaits, adorable Sagesse,
Et quand à nous servir, un nouveau soin te presse,
Comblés de tes faveurs, nous les méconnoissons,
Et ce n'est qu'en ingrats que nous en joüissons ;
                              Contre

Contre toi chaque jour je n'entens que murmure,
C'est toi, qui, disons-nous, corrompant la Na-
    ture,
Fis germer dans des cœurs destinés au repos,
Le puérile honneur de mourir en Héros.
Ah ! n'entens point nos cris, il y va de ta gloire.
La palme qu'à nos yeux fait briller la Victoire,
Cette fureur de vivre au-delà du trépas,
De plaire à des Neveux que nous ne verrons pas ;
Cette illustre manie, aux Arts si salutaire,
Fait, nourrit nos vertus, en est l'ame & la mere.

    Mais quoi, des passions, où sont donc les bien-
      faits ?
Sources de nos vertus, elles sont nos forfaits ;
Combien de fois l'Utile, à leurs yeux légitime,
A-t-il perdu son nom & n'a plus été crime ?
Soleil, toi qui vois tout, tu vis leurs attentats,
Tu les vis à grand bruit ébranler nos Etats ;
Aujourd'hui même encore, germes féconds de
      guerre,
Nous les voyons de sang rougir ici la terre,
Et fieres de traîner le carnage & l'horreur
Dans l'univers entier promener leur fureur.
Qu'importe, respectons un utile ravage,
Pour se purifier, l'air a besoin d'orage.
                           Viens

Viens donc, toi qu'ici bas, on doit seule im-
     plorer,
Sageſſe, vois nos cœurs, & viens t'en emparer ;
Qu'avec toi le plaiſir inceſſamment habite,
Déeſſe, l'Univers par moi t'en ſollicite ;
Tu le peux, tu n'es point cette triſte raiſon,
Dont un mortel heureux craint le fatal poiſon :
Non, non, tu ne veux point nos chagrins pour
     hommage,
A de plus hauts projets s'élève ton Ouvrage ;
De nos beſoins touchée, ils ne ſont que les tiens ;
Tu fais, & c'eſt pour nous le plus beau de tes
     biens,
Qu'une douce folie en tout tems nous poſſede,
Que pour nous épuiſée, une autre lui ſuccede.

Tu fais plus, c'eſt ſur toi, que le Sage appuyé
Attend ſa fin, la voit, n'en eſt point effrayé ;
Tranquile, il ſe préſente aux ciſeaux de la Parque,
Saute d'un pas léger dans l'infernale barque,
Fier de ſon innocence affronte les deſtins,
Et ſe rit en partant des frayeurs des humains. *

---

* Ce petit Poëme a paru pour la premiere fois en
1712. On l'a donné depuis dans trois ou quatre Re-
cueils à M. le Marquis de la Fare, & je n'ai pas be-
     ſoin.

Toin de dire combien il eût été prudent à moi de laiffer à ce petit Ouvrage une fi bonne protection ; toutes reflexions faites, je l'ai revendiqué : on tient au
peu qu'on a quand on n'eft pas riche. Quant à l'origine dudit Poëme, la voici. M. de la Motthe donna
fes Odes en 1709. Son fuccès me donna du courage,
je mis auffi de la Morale en Vers; mon Poëme fut
trouvé bon, & j'en remercie bien le Public ; il ne tenoit affûrément qu'à lui de le trouver mauvais.
On veut que les Vers foient foignés fans ceffer d'être
vifs : plufieurs des miens n'étoient ni l'un, ni l'autre ; quelques-uns étoient négligés, d'autres étoient
profaïques : le Philofophe dans le total n'étoit pas
affez couvert par le Poëte : fi je ne leur ai pas ôté tous
ces défauts, on leur trouvera aujourd'hui de la liaifon, de la juftefle, & fi je ne me trompe, de la précifion : la queftion eft de favoir, fi je n'en ai pas
trop mis : car on met toûjours trop de ce qu'on aime. Je n'ai plus maintenant qu'à demander grace fur
la maniere dont je traite la Sageffe, elle eft un peu
voluptueufe ; mais ici, je fuis Poëte, & j'ai droit de
tout dire. Quant au Panégyrique que je fais des Paffions, perfonne n'ignore qu'il ne s'agit, comme mes
Vers le difent, que de les diriger, & de les reduire :
voilà fur quoi j'avois à prévenir le Public ; que fi je
ne faurois lui perfuader qu'il doit être content du
petit Morceau que j'ai l'honneur de lui préfenter : je
le renverrai pour le confoler, à M. Pope. On fait
que cet illuftre Anglois a traité depuis moi le même
Sujet, & il n'y a point à douter qu'il ne l'ait embelli ; les idées, par exemple, qui font ici peut-être
trop ferrées, on les verra au large chez M. Pope ;
elles font d'ailleurs parées des ornemens les plus brillans

dans de la Poësie ; mais qui sait si on ne le trouvera pas trop Poëte, comme on m'aura trouvé trop
Philosophe. On parle toûjours de milieux , mais chacun a le sien, qui n'est quelquefois milieu que pour lui.
A l'égard de ce milieu général, ce milieu où l'on met
le point de la perfection ; il n'est pas , ce me semble ,
bien déterminé dans toutes les têtes ; quand il le seroit , on ne pourroit tout au plus qu'en approcher ;
car pour y être pleinement , il faudroit plaire , &
plaire également à tout le monde , & il n'est que trop
démontré que cela n'est pas possible.

A MADAME

LA MARQUISE DE...

BIEN m'y connois, & ne suis des plus bétes
Très-peu s'en faut que ne soyez l'Amour,
Même pour rien, je croirois que vous l'êtes.
Gentil corsage, & minois fait au tour,
Friands souris, tout comme en a le traître;
On vous les voit, on peut vous reconnoître
A tous ses traits : mais aussi ses défauts,
Les avez tous; perfide badinage,
Malice noire, & qui pourtant engage,
Qui l'eût jamais ? C'est l'Enfant de Paphos;
Et vous Climene. Or sus sans vous déplaire,
Je vous dirai pour votre amendement,
Qu'à tout cela réforme devez faire,
Réforme grande. Ecoutez donc comment,
Profit ferez de sermon salutaire.
Ja de l'amour vous avez les appas :
Gardez-les bien, tel meuble est nécessaire;
Mais sa malice est un fort vilain cas.
Mieux vous vaudroit, pour finir nos débats,
Cette bonté qu'a Madame sa mere.

ODE

ODE

ANACRÉONTIQUE.

JE voulois oublier Climene,
Je croyois du moins le vouloir,
Raison, difois-je, romps ma chaîne ;
J'implore aujourd'hui ton pouvoir.

Quand Amour t'a bleffé, dit-elle,
Apprend que c'eft par mon avis,
Tous deux pour l'honneur de ta belle,
Nous fommes maintenant unis.

Amour

Amour, Raison foit, je foupire,
Vous me l'ordonnez tous les deux,
Mais quoi ? pour faire un malheureux,
L'un de vous auroit pû fuffire.

A

MADAME DE***.

VOus avez de l'esprit, c'est chose très-
   certaine;
Mais vous en faites trop de cas,
Et vous courez après, Climene,
Comme si vous n'en aviez pas.

CHANSON

CHANSON

ANACRÈONTIQUE,

D'un Vieillard.

JE suis gaillard au fort de ma vieilleſſe,
Je ris, je chante, & de joyeux répas
Mé ſont peu regretter le tems de ma jeuneſſé.
Grands Dieux ! ne me la rendez pas:
Je n'en demande que l'ivreſſe.

Y 2   A

A

*MADAME DE***.*

CHANSON

*Sur un air d'Iſſé, au Divertiſſement du
ſecond Acte.*

L Es Amours ſuivent vos pas,
Venus n'étoit pas ſi belle
Mais fiere de vos appas,
Iris, vous êtes cruelle,
Et Venus ne l'étoit pas.

Fin du troiſieme Volume.